탄자니아에서
분필을 들다

탄자니아에서 분필을 들다

안태수
쓰고 찍다

휴엔스토리

Contents

'분필을 들다'의 세 번째 나라, 이번엔 탄자니아입니다. 가끔 사람들이 어디가 제일 좋았냐는 대답하기 힘든 질문을 합니다. 그렇게 많이 다니지도 않았는데 말이죠. 굳이 대답을 한다면 탄자니아라고 말합니다. 살기엔 브라질이 제일 좋았고, 근무 환경은 스와질란드가 좋았습니다. 그러나 탄자니아는 삶과 근무 환경에서 모두 좋았기 때문입니다. 살기에도 일하기에도 편안했던 나라였습니다. 인상 깊었던 점을 뽑는다면 학생들의 열정적인 눈빛을 가장 먼저 언급하고 싶습니다. 책을 정리하면서 다른 나라에서 교사 신분으로 살았던 경험이 참 귀했다는 생각을 한 번 더 해봅니다.

탄자니아는 동아프리카의 대표적인 나라입니다. 우리나라 사람들에겐 킬리만자로의 하이에나와 세렝게티의 표범으로 익숙한 나라지요.

아프리카 여러 나라 중 파견될 나라를 고르는 기회가 주어졌을 때 고민하지 않고 탄자니아로 정했습니다. 예전에 탄자니아를 왔을 때가 떠올랐습니다. 킬리만자로 등산을 하자마자 떠나며 느꼈던 아쉬움, 그 지극히 개인적인 마음이 탄자니아로 다시 오도록 했습니다.

이번엔 살게 된 탄자니아. 3년 전과 달라진 것은 제 마음이었습니다. 여행으로 오는 마음과 살려고 오는 마음은 어떻게 그렇게 다를 수가 있는지 새로이 알게 되었습니다. 사람들은 전과 같이 바빴고 정신 없었습니다. 친절하고 따뜻하게 대하는 사람도 많았지만, 어떤 사람들에게 저는 잠시 여행 온 사람이었습니다. 그들은 제게 한 번 보고 말 사람처럼 행동했습니다. 거짓말을 아무렇지도 않게 하는 것처럼 보였고, '뭐 하나 빼먹을 건 없을까?' 하는 눈으로 보는 것 같았습니다. 여행이었다면 그냥 무시하고 지나쳤겠지만 이번엔 달랐습니다. 저는 그들 틈에서 살아 내야 했습니다. 똑같지는 않더라도 비슷하게나마 탄자니아 시민으로서 말입니다.

이번엔 탄자니아를 조금 더 자세히, 구석구석 보고 느껴보았습니다. 이름 모를 시장에 가보기도 하고, 현지 사람은 어떻게 살고 있는지, 한인들은 어떻게 살고 있는지를 보았고, 또 학교에서는 선생님들과 교육에 대해서 논하기도 하고, 처음으로 대회를 열어 상장을 주기도 했습니다. 학교 밖에서는 신기한 지역에서 다양한 동물들을 만났습니다. 보통 사람들이 살아가는 일상에, 학생들이 지내는 학교에, 또 세계적인 여행지로 탄자니아를 알아갔습니다.

탄자니아에 있었던 330일 모든 날 웃은 건 아니지만 저는 행복했습니다. 즐거웠던 순간들 뒤에는 반대로 화가 났던 순간도, 멱살을 잡았던 순간도, 사고를 당한 순간도 있었습니다. 이 모든 순간들이 그대로 남아 탄자니아에서 지낸 모든 날들은 제게 웃음을 짓게 하는 행복한 추억이 되었습니다. 330일 동안 느꼈던 추억들 여러분과 공유합니다. 이 책을 통해 짧지만 굵은 탄자니아 여행, 저처럼 따뜻하기를 바라겠습니다.

Chapter 01

「탄자니아 삶」

니제르

차드

수단

사우디
아라비아

예맨

나이지리아

중앙
아프리카 공화국

남수단

에티오피아

카메룬

콩고
공화국

소말리아

가봉

콩고
민주 공화국

우간다

케냐

탄자니아

앙골라

잠비아

모잠비크

잠바브웨

나미비아

보츠와나

남아프리카
공화국

탄자니아
Tanzania

탄자니아에서 분필을 들다

간단하게 탄자니아를 알아보자.

탄자니아는 많은 부족이 하나로 합쳐진 united Tanzania다. 그전에는 각 부족마다 고유 언어가 있었는데, 현재는 모두 통합되어 탄자니아 전 지역에서 의사소통이 가능하다. 그 언어가 스와힐리어다. 많은 부족들이 새로 언어를 배워야 했기에 쉽게 만들어졌다고 했지만 나에겐 여전히 어려웠다. 탄자니아 수도는 도도마Dodoma로 탄자니아 중심에 위치해있다. 바로 전에는 다레살람Dar es salaam이라는 항구 도시였다. 이 두 도시는 비행기로 1시간 떨어져있다. 행정 기관들이 대부분 도도마로 옮겨져 허가를 받는다거나, 기타 다른 서류가 필요한 행정 절차들이 전에도 오래 걸리던 것이 더 오래 걸린다고 이곳에 사는 사람들은 말한다. 한국 같으면 전화로 또는 팩스로 보내어 하루도 안 걸려 처리가 될 것을 여기서는 한 달 넘게 걸리는 것이 탄자니아의 2018년이었다.

탄자니아 국기에는 4가지 색깔이 있다. 바다를 의미하는 파란색, 풍부한 자원을 의미하는 노란색, 자신들 피부색을 의미하는 검정색, 그리고 숲을 의미하는 초록색이다. 독립 전에는 노란 검정선은 수평이었는데 독립 이후에 대각선 모양으로 바뀌었다고 한다.

탄자니아 종교인은 하나님을 믿는 크리스찬과 알라신을 믿는 무슬림이 반반이다. 탄자니아는 기독교의 공휴일과 이슬람교의 공휴일, 둘 다 쉬는 나라다. 학생들 이름에서도 종교를 느낄 수 있다. 에스더, 바울과 같은 기독교식 이름과 모하메드, 압둘과 같은 이슬람식 이름이 흔하다. 특이하게 '농부의 씨앗'으로 해석되는 재밌는 이름도 있다.

탄자니아 화폐 단위는 실링이다. 케냐와 같기 때문에 두 군데 여행을 간다면 유의해야 한다. 탄자니아 실링은 우리나라 돈의 절반으로 생각하면 쉽다. 최고 화폐는 만 실링이다. 물가는 우리나라와 비슷한 것도 있고 싼 것도 있다. 수요와 공급에 의해 결정되는 가격은 제철에 공급량이 많은 과일들은 저렴한데, 가공품이나 수입품은 한국과 비슷하거나 더 비싸기도 하다. 이런 물가에서 최고 화폐가 우리나라 돈 오천 원이면 많은 돈을 들고 다녀야 하는 불편함이 생긴다. 카드로 결제할 수도 있지만 수수료 때문에 꺼리는 것이 탄자니아 현실이다. 한번 카드로 결제할 때 주인은 현금보다 6%를 더 청구했다. 수수료를 내는 것이 싫어 ATM에서 돈을 뽑은 적이 있다. 약 140만 실링 정도 되는 돈인데, 만 실링짜리 지폐가 140장이 되는 셈이다. 만 실링짜리만 있으면 다행이다. 가끔은 오천 실링짜리도 나온다. 이 돈을 다 센다. 셀 때까지도 기다려야 한다. 큰 단위 화폐 도입이 시급하다고 처음으로 느낀 나라다.

탄자니아 대중교통은 시내버스, 시외버스, 택시, 우버, 바자지 삐끼삐끼라고 불리는 오토바이 등 다양하다. 우버는 다레살람에만 있는 것처럼 도시마다 차이가 있다. 시내버스를 '달라달라'라고 하는데 '달라'라고 짧게 부른다. 탄자니아 서민들이 가장 많이 이용하는 교통수단이다. 도시 간에 이동할 때는 시외버스를 이용한다. 가격에 따라 와이파이가 되는 버스가 있고 정말 앉을 수만 있는 버스가 있다. 택시는 택시라고 써있지만 우버는 아무것도 적혀있지 않은 작은 승용차다. 늘 같은 자리에 서 있는 택시와는 반대로 우버는 길 위에서 돌아다니고 있고, 핸드폰 어플을 이용해 부를 수 있다. 택시는 부르는 게 값이지만, 우버는 온라인으로 가격이 정해져 합리적이다. 바자지는 동남아에 있는 툭툭이와 비슷하다. 최대 4명까지 탈 수 있다. 차보단 작기 때문에 도로가 막힐 때 또 여러 명이 이동해야 할 때 유용하다. 삐끼삐끼는 한국의 퀵과 같다. 급할 때나 빨리 가야 할 때 딱이다. 역시 가격은 협상해야 한다.

탄자니아 음식도 다양하다. 옥수수 가루로 만든 우갈리Ugali는 우리나라의 떡에 가깝다. 여기에 야채나 콩, 고기를 올려서 먹는다. 또 다른 주식 필라우Pliau는 밥이다. 고기 또는 생선에 소스를 버무려 먹는다. 비빔밥과 비슷하다. 현지인들은 우갈리를 더 먹는다. 취향에 따라 맵기를 조절할 수 있다. '필리필리'라는 것은 우리나라의 고춧가루와 비슷하다. 많이 넣으면 땀이 날 정도로 맵다.

그 밖에도 기름에 튀긴 다양한 간식들이 있다. 우리나라 부침개 같은 '짜 파티', '케익'이라 불리는 딱딱한 빵, 만두처럼 속을 채우는 삼부사, 삶은 고 구마와 감자도 있다.

이슬람교가 절반인 탄자니아에서는 돼지고기를 구하기 쉽지 않다. 소고 기가 흔한 나라다. 자세히 찾아보면 무슬림이 아닌 사람들이 운영하는 돼 지고기 식당이 있다. 맛도 있다. 프라이팬에 올려놓고 그냥 내버려 두는지 겉은 나온 기름에 튀겨져 바삭하고 속은 부드럽다. 참고로 탄자니아 음식 은 인도 영향을 많이 받았다고 한다. 탄자니아에는 맛집도 많다. 커리, 바 비큐, 양꼬치, 파스타 종류도 다양해 외식할 때 메뉴를 정하느라 오래 걸리 기도 한다.

탄자니아 여행지는 킬리만자로, 세렝게티, 응고롱고로, 잔지바가 Top3이 다. 이 외에도 숨겨진 명소들이 많은 관광객을 유혹한다. 탄자니아는 끝 에서 끝까지 기차로는 30시간, 비행기로 2시간 넘게 걸릴 만큼 커다란 나 라다. 바다와 높은 산, 넓은 초원에 동물, 호수, 화산 등 볼거리가 풍부하 다. 제대로 여행하는 사람들은 차로 한 바퀴 도는 데 한 달도 부족하다고 한다.

가보고 싶었던 여행지는 검은 화산이라고 불리는 곳과 죽음의 호수라고 불리는 나트론 호수Lake Natron였다. 검은 화산은 용암의 온도가 낮아 색깔이 검은색으로 보인다고 한다. 하지만 화산을 보기는 쉽지 않다. 아는 사람도 많이 없었고, 가는 데도 3일 정도 걸리는데다 가격도 만만치 않았다. 나트론 호수는 동물들이 돌이 되어 죽는 호수다. 호수 안에 있는 강염기 성분이 피부의 수분을 흡수해 쪼그라들게 한다. 그렇게 생물체들이 돌처럼 굳어지는 곳이다. 과학책이나 사회책을 통해 사진으로 보던 곳은 현장학습 장소가 되었다.

탄자니아는 이렇게 갈 곳도, 먹을 것도, 알아야 할 것도 많았다.
그렇기에 더욱 설레었다.

◆ **떠나는 시선**
아랍에미리트, 아부다비라는 곳에서 경유했다. 앞에 보이는 비행기가 탄자니아 다레살람으로 가는 비행기다. 보기만 해도 설렌다.

'탄자니아 땅을 다시 밟다니!'

혼자는 아니었다. 옆에는 다른 선생님이 있었다. 김규완 선생님, 편하게 완짱이라 부르기로 했다. 완짱은 일년 동안 같이 지내는 룸메이자 학교 동료다. 일 년 동안 희로애락을 함께하며 든든한 동역자가 되어 주었다.

공항은 익숙했다. 비자 받는 곳과 나가는 문들, 언젠가 본 것 같았다. 전에 한 번 왔다고 몸이 기억하는 듯했다. 공항을 나가면서 둘러볼 때는 그동안 잘 있었는지 확인하는 것 같았다. 모든 수속을 마치고 드디어 탄자니아 속으로 들어갔다. 흑인들 사이에 키 큰 한국인이 보였다. 마중 나온 현지 관리인이다. 우리가 탄자니아에서 잘 적응할 수 있도록 돕는 역할이다. 공항 마중은 언제나 반갑고 감사하다. 어디로 가야 할지, 뭐부터 해야 할지 모르는 중에 현지 상황을 잘 아는 사람이 있다면 참 든든하기 때문이다. 차를 타고 잠시 머물 숙소로 향했다. 신호를 기다리던 중에 관리인은 길에서 과자를 샀다. '다이아몬드', 탄자니아 유명한 가수 이름을 딴 과자다. 우리나라 과자 '오징어땅콩' 맛이 난다. "아그작 아그작" 한국 비슷한 맛을 느끼며 탄자니아를 느껴보았다. 잠시 다레살람에서 가장 큰 쇼핑센터에 들렀다. 남아공만큼 크지는 않았지만, 깔끔한데다 웬만한 건 모두 있는 것처럼 보였다. 이곳에서 일 년 동안 삶의 질이 어느 정도 될지 가늠해 보았다.

관리인은 탄자니아에서 조심해야 할 두 가지를 이야기해주었다. 먼저는 건강. 말라리아가 많이 걸리고 위험하니 조금이라도 어떤 증상이 보이면 병원에 가서 검사를 받으라고 했다. 혹시 양성이 나오면 약을 먹어야 하는데, 싼 약보다는 비싼 약을 추천하며 돈을 아끼지 말라는 조언을 해주었다. 그리고 우리가 오기 한 달 전에 나와 동갑인 한국인이 말라리아에 걸려 죽었다며 참지 말고 꼭 병원에 가라고 당부했다.

두 번째는 치안. 되도록 밤에 돌아다니지 말고 특히 위험하다고 하는 곳도 조심하라고 했다. 외국인들은 이미 범죄의 표적이기 때문이다. 안전! 해외 생활에서 가장 중요한 것이다. 특별히 신경써야 했다.

드디어 탄자니아에서 첫 식사. KFC보다는 말레이시아 브랜드, '메리브라운'이라는 곳으로 햄버거를 판다. 처음 가본 곳이었는데, 그럭저럭 괜찮았다. 그리고는 탄자니아 심카드를 신청하고 숙소로 갔다. 통신사에서 문자가 오면 그때부터 사용할 수 있는데, 문자가 오질 않았다. 설상가상으로 카드 문제로 현금을 뽑을 수도 없었다. 카드며, 핸드폰 그리고 여러 주의 사항에 신경 쓰다 보니 갑자기 머리가 아파오기 시작했다. 불안해졌다.
'설마 말라리아는 아니겠지?'

숙소에 왔다. 예약이 잘못되었는지 방까지 들어가는데 시간이 좀 걸렸다. 탄자니아는 동성애 문제 때문에 동성을 한 방에 넣지 않는다. 그런데 직원의 실수로 나와 완짱은 한 방에서 지내게 되었다. 괜히 주변의 시선이 신경 쓰였지만, 방값을 싸게 했음에 만족했다. 짐을 풀고 한인 교회로 가기로 했다. 금요일 저녁에는 한식을 준다. 사실 한식보다 오랫동안 살고 계시는 한인들의 진한 경험을 들을 생각에 들떴다. 동시에 여전히 되지 않는 핸드폰에, 또 멈추지 않는 두통 때문에 신경이 쓰였다.
교회는 크고 깔끔했다. 옆에서 뛰어 노는 아이들은 행복해 보였다. "애들아~ 밥 먹어~" 하는 소리가 들렸다. 어린 시절 어머니가 생각났다. 식탁에는 생선구이와 갈비, 김치와 과일까지 먹음직스러운 한식이 차려져 있었다. 차려주신 정성에 이미 배는 불렀다.

먼저 파견된 교사들로부터 만나자는 연락이 왔다. 피곤하고 머리도 아프고 해서 쉬려고 했는데 시간 맞추기가 어려워 만나기로 했다. 이날은 탄자니아에서 최초로 우버를 이용한 역사적인 날이다. 우버는 내가 있는 곳까지 데리러 왔고, 목적지 안까지 데려다 줘서 편하고 안전했다. 아프리카에서 이런 서비스라니 문화 충격이었다. 핸드폰 진동이 울렸다. 통신사에서 온 문자였다. 이제부터 인터넷을 이용할 수 있다는 의미였다. '드디어!' 갑자기 머리가 개운해지는 것이 느껴졌다. 인터넷 때문에 머리가 아프고 인터넷에 머리가 낫다니. '내가 이렇게나 인터넷을 많이 의지했나? 아무렴 어떤가 안 아프다는 것이 중요하지!' 다행히 말라리아도 아니었고, 아무 문제가 없었고, 건강했다. 이 모든 게 인터넷 때문이라니! 다행이면서 웃기기도 했다.

다른 교사들을 통해 들은 탄자니아 삶은 현실적이었다. 동료 교사와의 관계, 학교 분위기, 생활 등 걱정과 기대가 동시에 들었다. 어려운 환경 속에서도 먼저 삶을 살고 있었다는 것만으로 그들에겐 후광이 빛나고 있었다. 나도 빨리 학교 가고 싶었다.

아픔과 나음, 걱정과 기대, 기쁨과 슬픔 사이를 왔다 갔다 하면서 탄자니아의 첫날이 지나고 있었다.

◆ 탄자니아 어벤져스
송금영 대사님(가운데)과 안지인 서기관님(오른쪽), 다레살렘에서 근무하는 파견 교사들 모두 함께

탄자니아에 온 지 3일째, 오늘은 일정이 없었다.

학교 미팅, 대사관 미팅, 집 계약을 하며 바쁘게 보내다 보니 일정이 없
는 날이 어색하게 느껴졌다. 무언가를 해야만 할 것 같았다. 완짱은 카우

치 서핑을 통해 현지인을 만나러 갔다. 나는 홀로 방에 남았다. 탄자니아에
서 온전히 혼자 보낸 날이었다.

시내에 나가보기로 했다. 혼자서. 인터넷에서 괜찮아 보이는 바비큐 집
을 찾았다. '오늘 저녁은 여기다!' 하고 목적지를 정했다. 사실 바비큐는 핑
계고 시내를 둘러보는 것이 가장 큰 목적이었다. 역시 이동은 우버다. 내린
곳은 높은 빌딩 사이였다. 탄자니아 중심인 듯 사람들은 많고 복잡했다.
외국인이 돌아다니는 게 신기했는지 시선이 집중되었다. 떨렸다. 하지만 이
겨내야 했다. 앞으로 이런 상황은 수도 없을 것이니 말이다. '웃자, 편안해
지자'를 속으로 얼마나 외쳤는지 모른다. 사람들은 한 번 보고 지나치고,
하던 일을 계속했다. 크게 신경 쓰지 않는 듯했다.

'좋아! 자연스러워지고 있어! 잘하고 있어!'

오늘의 목적지 바비큐 집을 찾았다. 그런데 문은 닫혀 있었고, 주변 사람
들이 7시부터 장사를 시작한다고 했다. 현재 2시, 앞으로 5시간. 점심을 먹
어야 했다. 주변엔 거리 음식이 많았다. 어디서 먹을까 둘러보는데 주차된
차 사이로 설거지하는 아줌마를 보았다. 얼굴이 찡그려졌다. 몇 번이나 설
거지를 했는지 물은 흙빛이었다. 그 물에서 낸 거품을 접시에 묻히고 없애
기를 반복했다. 저기에 아무리 깨끗한 음식을 먹어도 이름 모를 병에 걸릴
것 같았다. 길거리 말고 식당을 찾으려고 다시 걸었다. 번듯해 보이는 건물
로 들어갔다. 아무리 못하는 집이라도 평균은 한다는 치킨을 시켰다. 다행

히 먹을 만했다. 마지막 콜라 한 모금을 들이키고 둘러본 주변은 나만 동양인이었다. 눈이 마주친 사람들은 웃으며 '좋아요'를 보내주었다.

배도 부르고, 가만히 기다릴 순 없었다. 거리를 걸었다. 우리나라 명동처럼 옷가게도 있었고 길 옆에는 노점상이 많았다. 단지 파는 것만 달랐다. 노점상에는 어디선가에서 주웠는지 훔쳤는지 썼던 것 같은 물건들이 널브러져 있었다. 인터넷 심카드와 데이터도 구할 수 있었다. 거리에는 우리나라 다이소에서 살 수 있는 잡다한 물건들이 대부분이었다. 싸지도 않았다. 부르는 값의 절반 넘게 깎아야 현지인이 사는 금액이라고 했다. 무더운 날씨 탓인가 더 이상 걷고 싶지 않았다. 바비큐집이 문을 열기까지 언 한 시간 정도. 가게 앞에 앉아 사람들을 바라 보았다. 학교가 끝난 아이들, 어디론가 분주히 움직이는 사람들, 빵빵거리는 차들과 그 틈으로 쌩 하고 지나가는 오토바이들. 바쁜 사람들 사이에 멈춰있는 사람은 노점상 주인과 나뿐이었다. 마치 낚싯대를 던져놓고 기다리듯 바쁘게 움직이는 개미와 쉬고 있는 베짱이같이. 거리 위에는 반대의 조화를 느꼈다.

드디어 가게가 열렸다. 인터넷에 맛집이라고 소문이 난 집이라 기대가 컸다. 메인 메뉴, 탄두리 치킨을 주문했다. 감자튀김과 같이 나온 치킨은 쉽게 볼 수 있는 흔한 치킨이었다. 오늘 첫 번째로 온 손님이라고 사장은 음료수를 주었다. 인심이 후했다.

탄자니아에서 붓필을 들다

하늘이 어두워졌다. 돌아갈 때가 되었다는 신호다. 이번엔 삐끼삐끼를 타보기로 했다. 올 때와 비슷한 금액으로 협상에 성공했다. 차 사이로 지나가는 오토바이는 역시 빨랐다. 돌아가는 길에는 유난히 차가 늘어서 있는 것을 보았다. 도로 끝에는 커다란 나무가 쓰러져 있었다. 강한 바람을 이기지 못했던 것이다. 일차선 도로를 가로막아 심한 교통 체증이 생겼다. 우버를 탔다면 더 많은 돈을 내고 더 오랫동안 기다릴 뻔 했다. 주변 사람들이 직접 도끼와 칼로 나무를 잘랐고, 다른 사람들은 쪼개진 나무를 치우고 있었다. 무식해 보이지만 가장 빨라 보였다. 나무에 긁혀 심하게 찌그러진 차도 보였다. 밑에 깔리지 않아 다행인 듯했다.

이 장면을 남기고 싶어 동영상을 찍는데 "저 치노(중국인) 봐라! 치노!" 외치며 손가락질을 하는 사람이 보였다. 사진 찍지 말라며 나를 위협했다. 사진에 대해 보수적인 것 같았다. 다행히 거의 빠져나갈 때쯤이라 무사히 숙소로 돌아올 수 있었다. 나무 때문에 길이 막혀서 오도가도 못하다니 오직 이곳에서만 있는 일 같았다.

홀로 느껴본 탄자니아,
만만치 않겠는데?

◆ 모두 하나 되어

거리에 종종 사람들이 모여있는 곳이 있다. 텔레비전 크기만 차이가 날 뿐 전세계 어디나 축구를 응원하는 열정은 같다.

◆ 집에 가자 / 지이이익

학교 끝난 학생들이 집에 가고 있다. 거리에는 맛있는 냄새가 풍기는데 그 주인공은 양념 치킨. 탄자니아 맛집 치킨이다.

◆ 저녁 도로
막 해가 진 하늘은 진한 파란색이다. 파란 하늘과 가로등 불빛과 알록달록한 차는 잘 어울린다.

◆ 길이 막힌 이유
커다란 나무가 쓰러져서 길이 막혔다. 경찰과 사람들이 힘을 합쳐 치우고 있다.

◆ 오늘 물건은?
길거리에는 노점상이 흔하다. 어디서 주워 온 건지, 훔친 장물인지는 아무도 모른다.

◆ **매일 보는 풍경**
매일 지나다니던 대문이다. 미루고 미루다 떠나는 날, 마지막으로 문을 닫고 찍은 사진.

탄자니아에서 지낼,

괜찮은 곳을 찾았다.

학교 미팅이 끝나고, 대학교 기숙사에서 머물 수 있는지 교감 선생님께

물어봤다. 확인해보고 연락 준다고 하는데, 만약 된다면 한 달에 한국 돈

오만 원 정도로 살 수 있을 것 같았다. 오기 전에 알아본 정보로는 한 달에 방값만 50만 원 정도를 생각해야 했다. 그것에 비하면 아주 저렴한 금액이라 가능하면 기숙사에서 살아야겠다고 생각했다. 학교에서 가까이 있는 것이 좋기도 하고, 무엇보다 저렴한 가격에 끌렸다. 숙소로 돌아가는 길에, 만일의 경우를 생각해 주변 아파트를 보기로 했다. 탄자니아에서는 외국인들이 많이 사는 동네가 따로 있고, 다른 파견 교사들도 그 지역에 살고 있었다. 안전하기도 했고, 시설이 깨끗했기 때문에 가격이 비싼 지역이었다. 때마침 탄자니아는 외국인들에 대한 정책과 규제가 심해져 빠져나가는 추세였다. 좋은 집들은 많이 비어있고, 월세도 많이 내려가고 있었다. 우리에게 좋은 기회처럼 보였지만, 그래도 그곳에서 살려면 한 사람에 400~500달러를 내야 했다. 그 금액이 부담 되는 건 사실이었다. '좀 더 나은 생활이냐, 돈을 절약하느냐' 하는 삶의 질과 비용 사이에서 고민되었다.

도로 주변을 살피던 중, 허름해 보이는 건물이 눈에 띄었다. 우리는 시설에 큰 욕심이 없었다. 무너진 집만 아니라면, 단순하게 먹고 잘 수 있는 공간만 있다면 충분했다. 학교와 가깝고 월세가 싼 곳이 제일이었다. 관리인은 그래도 안전이 최고라며 최소한 1층에 경비원이 있어야 한다고 말했다. 탄자니아에는 집을 터는 도둑이 많이 있다. 실제로 집값을 아껴보겠다며 현지인들이 사는 곳으로 이사했던 한국인은 얼마 지나지 않아 모두 털렸다고 했다. 이사를 오자마자 표적이 되었던 것이다. 그 외 많은 교민들도 빈

집털이를 당했고, 심지어 두 번 이상 당한 사람도 있었다.

　우리가 본 곳은 소피아 호텔Sophia Hotel. 예전엔 호텔이었는데 아파트로 업종을 변경한 곳이다. 매니저가 방을 보여줬다. 과거에 호텔이어서 그런지 구조가 좋았다. 탁 트인 전경에 거실을 기준으로 정확히 반 갈린 두 개의 방. 화장실도 방마다 있었다. 둘이 살기엔 공평하고, 눈치를 보지 않아도 될 것 같았다. 서로 다른 둘이 살기엔 딱 좋았다. 마음에 쏙 들었지만 티를 내지 않았다. 가격 협상 때문이다. 오히려 억지로 계약한다는 느낌으로 한 사람에 35만 실링(한화 17만 5천 원)까지 깎았다. 외국인 평균 100만 실링에 비하면 저렴한 금액이었다.

　다음날 기숙사 소식을 들었다. 현지 대학생들과 화장실이며 샤워실, 그리고 방도 같이 사용을 해야 했다. 현지인들과 함께 생활을 해야 한다는 말이다. 돈은 아낄 수 있겠지만 삶의 질은 뻔했고, 매일을 도둑이 들지 모르는 걱정 속에 살았을 것이다. 우리는 소피아 하우스Sophia house에서 살기로 했다. 그렇게 탄자니아에 머물 보금자리가 정해졌다.

　우리가 사는 소피아 하우스는 도로 옆에 있어 경적 소리 때문에 시끄럽고, 발전기가 없어 정전 땐 동굴이 되었다. 뜨거운 물은 안 나오고, 에어컨은 없으며 매 분기별 새로운 벌레들을 맞이해야 했지만, 나름 로열층에다 아침마다 깨워주는 햇빛이 있고, 탁 트인 경치, 문을 열어두면 머리가 날아갈 정도로 시원한 바람이 있었다. 탁자에 발을 올리고 소파에 누워있으면 어릴 적에 맨발로 그네 타던 추억이 떠오르는 곳이었다.

다른 집보다 싸고, 또 그만한 이유가 있었지만, 우리에겐 든든하고 편안한 집이었다.

◆ Daily view

거실 소파에 앉아 있으면 보이는 뷰다. 매일이 같아 보였지만 달랐다. 구름 모양, 날씨, 온도, 냄새, 모든 것이 새로웠다.

◆ Night view

밤에 보면 이렇다. 가끔은 정전이 되어 멀리 있는 높은 빌딩과 그 주변만 보이기도 한다. 맑은 어느 밤하늘에선 별똥별이 보이기도 했다.

◆ 소피아 하우스와 내 보금자리

큰 길 옆에 번듯하게 서 있는 아파트다. 조금 시끄럽지만 살다 보면 적응된다. 침대에 쳐 놓은 모기장은 좋은 안식처였다.

◆ 소피아 뒷골목

길고양이가 갑자기 튀어나와도, 쇠몽둥이를 든 사람들이 몰려 있어도 어색하지 않은 곳처럼 보이지만 아무도 없는 가장 안전한 곳이다.

생활 용품을 사자

◆ 왁자지껄

다레살람 대표 시장, 카리야쿠다. 길은 좁고 사람은 많다. 사람들이 붐벼 활기찬 곳임과 동시에 조심해야 하는 곳이다.

　탄자니아에도 있을 건 다 있다.

　집은 구했고, 이제는 필요한 물건을 사야 했다. 다행히도 침대는 있었다. 냉장고가 필요했다. 가장 중요하고 시급했다. 또 모기가 없는 편안한 밤을 위해 모기장도 필요했다. 집을 나섰다. 물건을 사는데 아파트에서 일하는 청년, 도토Doto와 함께했다. 그는 다레살람에서 가장 큰 시장, 카리야쿠 Kariakoo가 탄자니아에서 가장 싸다며 그곳으로 안내했다.

복잡했다. 거리는 좁은데 비집고 들어온 노점상들. 밀려드는 사람들에 강제로 쉬었다 가야 했다. 거의 밀려가는 듯 움직였다. 도토는 핸드폰이나 다른 물건들을 소매치기 당하지 않게 조심하라고 했다. 사람들 목소리와 자동차 경적 소리에 거리는 시끌시끌했다. 카리야쿠 옷가게에 걸려있는 여러 옷들이 눈에 띄었다. 모두 유명 브랜드의 모조품이었다. 루이비통, 구찌 같은 것들이다. 가격은 구찌 반팔 셔츠 하나에 한국 돈 만 원 정도다. 퀄리티도 괜찮았다. 모자부터 신발과 양말, 머리부터 발 끝까지 한국 돈 3만 원이면 명품으로 도배할 수 있었다. 사실 탄자니아에서 놀랐던 점들 중 하나는 사람들 스타일이 좋았던 것이다. 전통 의상을 많이 입었던 스와질란드(현재는 에스와티니)와는 달리 명품 옷과 가방들을 가진 사람들이 많았다. 초등학생 아이가 매는 루이비통 가방이 신기했는데, 시장에 와보니 단번에 이해가 되었다. 싼 값에 명품을 살 수 있었다. 카리야쿠는 멋 내고 싶은 젊은이들의 핫 플레이스였다.

카리야쿠에는 다 있었다. 전자제품까지 없는 것이 없는 것처럼 보였다. 하지만 가격은 그렇게 싸지는 않았다. 캐논이나 니콘에서 오래된 카메라도, 컴퓨터도 한국보단 비쌌다.

첫 번째 목적, 모기장 파는 곳을 찾았다. 폴대를 연결하는 모기장은 한국 돈으로 이만 오천 원, 원터치 형은 만오천 원 정도다. 나는 폴대 모기장, 완짱은 원터치 모기장을 샀다. 일 년 동안 잘 썼던 나에 비해, 완짱은 하나 더 사야 하는 웃픈 헤프닝도 생겼다. 냉장고 가게는 길 옆에 있었다. 모두 중고 시장이다. 다양한 냉장고가 신기했다. '작동은 할까?' 하는 의심이 드는 냉장고도 많았다. 사장님은 직접 작동하며 확인시켜주기도 했는데 의심은 사라지지 않았다. 고장 날 거 같았다. 무엇을 사야 되나 고민되던 중, 한 냉장고가 눈에 띄었다. 삼성이었다. '그래! 검증된 한국 제품으로 사자!' 하고 마음먹었다. 그렇게 삼성 냉장고를 골랐다. 크기는 작았지만 최소 탄자니아에 있는 동안은 잘 버텨줄 것 같은 믿음이 있었다.

"오케이! 거래합시다! 서비스로 커피 포트 하나 주세요!"

당당하게 말했지만 사장도 당당하게 거절했다. 모두 한국 돈 165,000원에 배달까지 완료했다.

냉장고는 생활의 질을 바꿔주었다. 물도 시원하게 먹을 수 있었고, 음식을 보관하는데 걱정이 없어졌다. 모기장은 잠의 질을 바꾸었다. 자다 깨서 모기 잡다가 잠을 설쳤던 날을 모두 잊게 해주었다. 모기장은 든든한 보호막이 되어 개운한 아침을 맞이하게 해주었다. 텅 비었던 집은 조금씩 채워져 갔고, 몸도 마음도 탄자니아에 점점 익숙해져 갔다.

탄자니아에도 여러 쇼핑몰이 있다. 한국처럼 시설도 깔끔하고, 가격도 비슷하다. 영화관, 볼링장도 있다. 영화관은 최신 영화도 상영하지만 흥행과 상관없이 일정한 기간이 지나면 바꾼다. 그 기간은 보통 2주다. 영어 자막은 나오지 않는다. 볼링장은 한국에 비해 짧다. 볼링을 쳐 본 사람은 알 것이다. 스핀으로 루트가 휘기 전에 끝에 도달할 정도로 레인 관리는 엉망이다. '없으면 없는 대로, 있으면 있는 대로' 이것이 아프리카 스타일이다. 자주 고장 나는 편인데도 존재 자체에 감사했다.

음식은 쇼핑몰에서 샀다. 길거리에도 많이 있었는데, 상태가 좋지 않고, 종류도 많이 없었다. 건강을 위해 쇼핑몰을 이용했다. 채소는 들어오는 날이 일정하지 않아 어떤 날은 부족하기도 하고 상태가 좋지 않기도 했다. 고기는 치킨, 특히 치킨따이(허벅다리살)을 애용했다. 순살로 되어 있어 요리하기 편했다. 가슴살은 돈가스를 하고, 다리 살로는 닭갈비로 하루하루 배를 채웠다. 한 팩에 한국 돈 오천 원. 소고기나 돼지고기는 중국 마트를 애용했다. 교민들 말로는 고기가 없을 때도 있다고 하는데, 다행히 허탕친 날은 없었다. 한국 라면도 들어온다. 신라면만 들어오던 스와지와는 달리 불닭볶음면과 짜파게티 같은 라면도 있었다. 교민들은 라면이 들어오는 날을 손꼽아 기다리기도 한다. 가격은 한국보다 비쌌지만 구할 수 있음에 감사했다. 탄자니아에서 고기 요리는 닭, 돼지, 소를 번갈아 가며 풍족하게 먹을 수 있었다.

"대체 탄자니아에서 뭐 먹어?"

한국에서 친구들을 만나면 가장 많이 듣는 말이다. 탄자니아에도 쌀이 있고 밥솥이 있다. 전기도 들어오니 밥을 지을 수 있고, 여러 고기들이 있으니 반찬으로 먹을 수 있다. 한국 사람과 똑같이, 탄자니아 사람과는 다르게 먹는다. 탄자니아 주식은 한국과 다르고 내 입맛과는 많이 달라 자주 먹지는 않았다. 너무 배고플 때, 살아야 된다는 느낌이 들 때만 먹었다. 정말 살아야 할 때.

우리 학교에는 직접 농장을 하는 선생님이 있다. 그 선생님은 학교에서 파인애플이나 여러 다른 채소를 판매한다. 마트보다 훨씬 싼 가격으로 좋은 상품을 살 수 있었다. 이게 바로 농장 직구다. 그 선생님을 통해 먹는 음식은 더 건강해지는 느낌이었다.

탄자니아에도
같은 사람이 살고 있었고, 같은 물건을 사용하고 있었다.
단지 퀄리티 차이뿐.

탄자니아에서 분필을 들다

◆ 빽빽한 노점상

가뜩이나 좁은 길에 노점상이 한 자리를 차지한다. 신기한 건 디자인이나 재질이 같은데 가격이
다르다.

◆ 탄자니아 명품 슬리퍼

면세점에 가도 볼까 말까 한 것들을 탄자니아에서는 흔하게 볼 수 있다. 탄자니아 젊은이는 패셔
니스타다.

◆ **길 위의 침대**

집안 가구도 모두 길 위에서 판다. 소파, 책상, 다른 가구 등. 길 위에 익숙하지 않은 것들로 눈이 즐거웠다.

◆ **시장 골목**

케코 시장이다. 카리야쿠보다 규모는 작지만 많은 동네 사람들이 온다. 품질이 아쉬운 만큼 가격 은 싸다. 소고기와 사탕수수 주스를 애용했던 곳이다.

탄자니아에서 붓필을 들다

스와힐리어에서 다다Dada는 씨스터, 여자 형제를 의미하는 말이다. 남자 형제를 부를 땐 카카kaka라고 한다. 흔히들 '브로Bro'라고 하는 것과 같은 뉘앙스다. 다다는 일하는 여자 사람을 부를 때도 사용한다.

이 단어는 빨래를 도와주는 사람 때문에 알게 되었다. 건물 매니저에게 빨래하는 사람이 필요하다고 하니 다다를 불러주겠다고 했다. 여동생을 불러주겠다는 말로 생각해 깜짝 놀랐지만 오해였다. 탄자니아에서는 일하는 사람까지 모두 다다라고 한다. 우리 아파트를 청소하는 다다는 고정적인 월급을 받고, 종종 외국인 방을 청소해서 추가로 돈을 벌기도 한다.

우리 집에 온 다다는 나이가 제법 많아 보였다. 청소와 빨래, 한 번에 한국 돈 2,500원으로 합의했다. 일하는 다다를 봤다. 옷은 허름해 보였고, 이마에 땀이 맺혀 있었다. 괜히 마음이 불편해졌다. 나이도 어린 사람이 이것저것 시키는 것 같기도 하고, 나는 편하게 있으면서 다다만 열심히 쓸고 닦고 있는 모습에서였다. 내가 잘나서도 아니고 그들이 못나서도 아니다. 자본주의 사회에서 돈이 있는 사람이 필요한 사람에게 정당한 대가를 주고 그들의 시간을 제공받는 당연한 모습으로 생각했다.

그래도 마음이 개운하지 않았다. 불편했다.

'내가 뭐가 잘나서 이들은 이렇게 고생하는데 나는 편하게 있을까. 내가 봉사자로 왔고, 이들은 아니라서 그런가?'

탄자니아에서 지내면서 나는 그들에게 일자리를 제공하고 나도 일손을 덜면서 편하게 사는 것으로 결론을 내렸지만, 불편한 마음은 여전했다. 청소하는 것에 방해될 것 같아 생각 정리도 할 겸 베란다로 나갔다. 위에서 내려다 본 거리에는 평소 보이지 않던 것들이 보였다. 트럭보다 더 높이 쌓아 올린 물건을 두 발로 운반하는 사람들과 손수레로 운반하는 사람들, 폐지나 나무 판자를 머리에 이고 가는 사람들, 바구니를 머리에 이고 이것저것 파는 사람들, 사람들은 땀 흘려 열심히 일하고 있었다. 얼마 되지도 않는 돈이라는 생각에 몸 상하는 것 같아 안쓰럽기도 했다.

대학생 시절, 아르바이트하던 시절이 생각났다. 막국수를 서빙하는 일이었는데, 유난히 손님이 많던 어느 날이었다. 쉬는 시간도 없이 계속해서 자리를 안내하고 음식 서빙을 했다. 그날은 시급 오천 원씩 10시간. 오만 원을 받았다. 정말 많이 바쁜 날이었고 쉬지도 못했던 날이었는데 오만 원이라니! 더 줄 거라고 기대한 나도 바보였지만 '내가 만약 사장이라면, 평소보다 두 배나 더 벌었다면 직원들에게 만 원짜리 한 장이라도 더 쥐어 줬을 텐데' 하는 아쉬움이 남았다. 제대로 된 임금을 지불하는 것밖에는 내가 할 수 있는 것은 없었다. 빨래 양에 따라, 또 얼마나 열심히 했느냐에 따라 평소보다 두 배 많은 돈을 주기도 했다.

투숙객이 많아서 다다가 바쁠 때가 있었다. 그래서인지 제시간에 오지 않았다. 일주일에 한 번 오는데 그때마다 기다려야 했고, 심지어 찾으러 다니기도 했다. 그래서 다른 다다에게 청소를 부탁했다. 한동안 그 다다가 청소해주었다. 어느 날 다다가 두 명 왔다. 전에 왔던 다다와 새로운 다다였다. 청소 구역 때문에 신경전을 벌이는 듯했다. 그날은 아무도 양보하지 않아 둘 다 청소를 하게 됐다. 한 명은 빨래하고 한 명은 바닥 청소를 했다. 제법 빨리 끝이 났고 빨래 양도 그렇게 많지 않아 늘 주던 금액만큼 주었다. 잠시 후 한 다다가 찾아왔다. 먼저 돈을 받은 다다가 돈을 나눠 갖지 않는다고 했다. 다시 이야길 해서 돈을 나누어 주었다. 그날 이후 먼저 온 다다는 문을 닫고 청소했다. 다른 다다에게 '나 여기 있으니 오지마' 하는 표현 같았다. 그래도 열심이었다. 청소가 끝나고 돈을 받을 때 표정을 보면 땀이 흥건한 채 고맙다는 말을 잊지 않았다.

나이가 많으신데도 땀 흘려 고생하심에,
꼼꼼하게 걸레질을 하시는 모습에,
바닥이 다시 더러워질까 봐 맨발로 다니시는 모습을 보고
머릿속에선 감동의 전기가 흘렀다.

감사합니다. 덕분에 편하게 지냈습니다.

◆ 나무를 옮기자
후미진 동네 길은 험하기 때문에 웬만한 물건들은 손수레를 이용한다.

◆ 영차영차
빈 물통을 자전거로 옮긴다. 그래도 무거운지 카카는 일어나서 페달을 밟는다. 부피로 봐서는 차보다 크다. 차들은 조용히 안전하게 추월한다.

정전

....

또 시작이다. 돌아가던 선풍기가 멈추고, 냉장고 소리도 멈췄다. 비가 한 번 퍼붓고 가면 보통 전기가 끊기는 것을 알기 때문에 장마철에는 핸드폰 같은 전자 기기들은 미리 충전해 놓는다. 그런데 이번엔 달랐다. 하늘은 맑았는데도 정전이 됐다. 아무런 예고가 없었던 것이다. '마른 하늘에 날벼락' 이번 정전이 딱 그 말이었다.

이번 정전은 꽤 길었다. 하루가 지나니 냉동실에 있는 음식들은 녹기 시작했고, 냉장실에 있는 음식은 상하기 시작했다. 태양열로 충전하는 손전등도 고장이 났고, 나머지 전자 기기도 배터리가 점점 바닥 나고 있었다. 현지인들도 불편함을 느꼈는지 로비에 모여 있었다. 마침 발전소에 전화해봤다고 하는데, 발전기에 문제가 생겨 우리 지역에 전기를 끊었고 저녁쯤에야 들어온다고 했다. 그 설명을 듣고 나는 '드디어 전기가 들어오는구나!' 하고 안심이 되었는데 다른 사람들은 믿지 못하겠다는 듯이 비웃었다. 역시 그들이 맞았다. 전기는 그 다음날 돌아왔으니 말이다.

인간의 적응력이란 참 놀라웠다. 처음엔 어떻게 살까 당황하고 불평을 하면서도, 빛이 없으면 또 없는 대로 살아졌다. 낮에 밥을 해먹고, 나중엔 불빛 없이도 샤워가 가능했다. 핸드폰 빛을 이용해 수업 준비를 하며 그럭저럭 살아갔다. 아니 버텼다는 표현이 맞겠다. 그러다 전기가 들어오면 빛의 소중함을 느끼고 감사했다. 빛은 늘 옆에 있어 당연한 존재였고 감사함은 사라져있었다.

　다른 것들도 그랬다. 늘 옆에 있어서 익숙했던 것뿐이었고, 없어지고 나서야 그것이 소중했다는 것을 깨달았다. 그것들이 소중하다고 느꼈을 땐 정말 늦을지도 모른다는 생각이 들었다.

　이번 정전은 그런 것들에 대해 생각하게 했다.
　주위에 늘 있어서 당연하게 받아들였던 것들
　영원할 거라 생각해서 소중하다고 생각하지 못했던 것들
　그리고 감사를 표현해야겠다는 다짐.

　부모님, 형제, 친구들에게
　뜬금없을지 모르는 소식을 전해본다.

탄자니아에서 분필을 들다

◆ **으스스한 골목**
붉은 조명과 환한 달빛의 반반 조화다. 골목은 좁고 많다. 혼자 오면 분명 미아가 될 것이다.

탄자니아에 온 지 얼마 안 되어 알렉스가 집에 초대를 했다. 정확히는 고
모 집이었다. 동네 길은 미로처럼 뒤죽박죽 되어 혼자서는 찾아갈 수 없을
것 같았다. 알렉스 고모는 동네에서 작은 바_{Bar}를 운영했다. 동네 사람들이
간단히 술 한잔 하고 싶을 때 찾는 곳이었다. 오늘은 이곳에서 저녁을 만
들어 먹기로 했다. 고모가 우갈리라는 탄자니아 밥을 만들고, 우리는 곁들

여 먹을 음식을 준비하기로 했다. 나는 닭갈비를, 완짱은 계란말이를 요리하기로 했다. 아쉽게도 계란말이는 계란이 모두 썩어서 할 수 없었다. 탄자니아 사람들의 주식 우갈리와 내 닭갈비가 오늘 저녁의 메인 요리였다. 마침 놀러 온 동네 사람들도 함께했다. 긴장됐다. 다행히 모두가 맛있다며 더 먹고 싶어했다. 정말 맛있어서 그랬는지 공짜 밥이 좋아서 그랬는지는 모르겠지만 뿌듯했던 하루였다.

이상하게 그날은 속이 좋지 않았다. 배탈이 났는지 토하고 싶었다. 집에 가고 싶을 정도였다. 하지만 괜히 분위기를 망치는 것 같아 참았다. 동네 사람들은 외국 사람인 한국 사람이 신기한 듯 말을 많이 걸었다. 컨디션이 좋지 않은 나를 대신해서 완짱이 이야기를 많이 했다. 우리와 있는 것이 좋았는지 현지인들은 쿨했다. 영화에서 마음에 드는 사람에게 '저 사람에게 칵테일 한 잔 줘요' 하는 느낌으로 완짱에게는 맥주를 나에겐 콜라를 사줬다.

공짜 콜라를 들고 알렉스 고모와 이야기를 하는데, 고모가 갑자기 트림을 했다. 그 소리가 너무 커서 못 들은 척 할 수는 없었다. 당황스러웠다. '탄자니아에서는 트림을 마음대로 하나? 그냥 모른 척 해야 할까?' 생각하며 처음은 넘어갔는데, 얼마 지나지 않아 또 트림을 했다. 나는 "What?" 하고 물었다. 뭐라고 했냐는 농담이었다. 그 말을 진지하게 들은 고모는 무슨 말 한 게 아니라 트림한 거라고 했다. 고모부는 내가 장난친 것을 눈치채고는 "그럴 땐 미안하다고 하는 거야, Say sorry" 하고 말했다. 고모부는 내 의도를 이해한 듯했다. 보통 한국인들은 공공장소에서 트림이나 방귀를 되도록 참고, 못 참을 때는 소리 나지 않게 한다고 했다. 소리가 나는 경우는 사과한다고 설명했다. 설명하면서도 웃겼지만 한국은 그렇다는 이야기였다. 문화 차이를 이해한 고모는 "하하하하하" 하고 유쾌하게 웃었다. 그 후로도 고모는 트림을 계속했고, 그때마다 '왓?' 하고 말했다. 탄자니아에선 트림이 실례되는 행동이 아닌, 소화되는 것을 알리는 것으로 받아들이는 것 같았다. 같이 있던 동네 사람들은 신경 쓰지도 않았으니 말이다. 아마 고모는 다른 친구들과 있을 때도 트림을 할 거고, 사과를 할지도 모른다. 사과하는 이유를 물으면 외국인들에게, 적어도 한국인들에겐 트림이 실례되는 행동이라고 말해줄 수 있을 것이다.

어느 순간부터 "꺼억, 왓? 쏘리, 하하하하하"에서 "꺼억, 쏘리, 하하하하하"로 바뀌었다. 이제는 '왓?'이라고 묻지 않아도 미안하다고 했다. 오늘 이 시간을 통해 다른 외국인을 만났을 때 갑작스런 생리 현상에 민망해하지 않고 자연스럽게 넘길 수 있는 매너가 생기기를 바랐다.

당당한 트림 소리와 유쾌한 웃음 소리로
동네는 즐거운 소음으로 가득했다.

◆ **거리의 아이들**

골목을 찍으려고 나왔는데 어디에선가 아이들이 튀어 나와 서로 사진을 찍어달라고 한다. 찍고 보니 같이하지 못한 아쉬움만 남았다.

◆ **화기애애**

알렉스 고모가 한국 음식이 먹고 싶다고 했다.

지금 다시 생각해보니 나를 요리 시키려는 고도의 심리전에 휘말렸던 것 같다.

탄자니아에서 붓필을 들다

◆ 비켜 비켜

바에 있던 사람들이 술에 얼큰하게 취해서 사진을 찍자고 한다. 몇 번 다시 찍고 확인하니 얼굴이 나오지 않았다. 빛이 필요했다. 비켜봐!

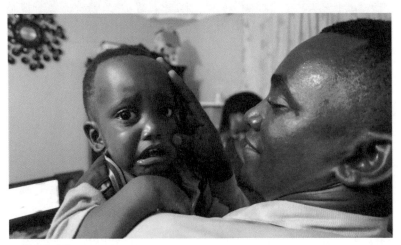

◆ 아빠와 아들

낯선 사람, 특히나 외국 사람을 보니 아이가 놀랐나 보다. 계속해서 아이는 울고, 우리는 웃고….

◆ 한 장만
모여봐 모여봐! 여기저기서 떠들고 웃고 있는 선생님들을 모아서 겨우 찍었다. 모두 함께 건배!

탄자니아와 한국의 융합!

탄자니아에서 지내는 동안 감사하게도 선생님들에게 초대를 많이 받았
다. 시간이 안 돼서 못 가면 못 온다고 서운하다는 말도 많이 들었다. 때로
는 부담스러웠다. 초대를 받으면 예의상 가야 할 것 같고, 거절하기도 힘들
었다. 가고 싶었지만 해야 할 일도 많이 생기게 되어 고민되었다. 함께 음식

을 준비하기 때문에 누가 오는지까지 알아봐야 하고, 온다고 했다가 안 오는 걸 막기 위해 회비를 미리 걷는 일들이 말이다. 시간이 맞아 참석할 땐 완짱과 일을 나눠 했다. 이런 부분에서 호흡이 잘 맞았다.

전 교장 마테무Matemu가 집에 초대를 했다. 교장 선생님은 2018년 7월 이후로 바뀌었다. 우리가 오기 전에 있던 한국 선생님들도 마테무는 따뜻하게 맞이해 주었다. 교장실 한쪽 벽에 한글로 적혀있는 이름으로 느낄 수 있었다. 기말고사가 끝나고 여유가 있을 때 집에서 파티를 열었다. 오는 교사들은 열 명 정도, 각자 와서 함께 요리를 준비하기로 했다. 함께 준비하고 함께 먹는 이것이 탄자니아 파티 문화다. 나와 완짱 역시 준비하기로 했다. 다른 선생님들은 우리 음식에 대해 거는 기대가 컸다. 완짱은 한국 카레, 나는 라면을 준비했다. 그냥 라면이 아니다. 매운 것을 좋아한다는 마테무 말을 듣고 특별히 준비했다. 바로 한국인들도 매워서 잘 먹지 못하는 '불닭볶음면'이다. 처음 먹었을 때 너무 매워서 처음으로 다 먹지 못한 라면이기도 했다. 탄자니아 사람들 반응이 어떨지 상상하며 들떴다.

마테무 집은 학교에서 버스로는 40분, 바자지로 15분 정도 떨어져 있었다. 매일 출퇴근하는 것이 대단하게 느껴질 정도였다. 찾아가기 복잡해 알렉스와 함께했다. 4시에 저녁을 먹는다고 했는데, 이 말의 의미는 4시에 모여서 같이 음식을 하고 6시에 밥을 먹겠다는 의미다. 아프리카 시간에 어느 정도 적응되었던 우리는 5시에 도착했다. 역시나 먹을 준비가 한창이었다. 한쪽에서는 마늘을 까고, 닭을 손질하고 다른 쪽에서는 밥을 했다. 라면은 금방 되니 밥 먹기 직전에 끓이기로 하고, 선생님들을 도왔다. 마테무는 닭을 삶아서 찜닭 비슷한 요리를 했다. 나는 구운 닭이 먹고 싶어 닭다리 몇 조각을 숯불에 구웠다. 나중에 구운 닭은 없어서 못 먹는 핫한 메뉴가 되었다. 하나둘 음식은 완성되었다. 탄자니아는 한 식탁에 둘러 앉아 모든 음식을 공유하는 것이 아닌 뷔페처럼 그릇에 퍼먹는 문화다. 초대 받았던 모든 집에서 이렇게 먹었다. 다른 음식을 할 필요도 없고, 모두가 동시에 식사하기 때문에 눈치 볼 필요가 없어 편했다.

드디어 불닭볶음면 시식시간이 되었다. 먹으면 어떻게 될 거라는 생각에 혼자 신나 있었다. 탄자니아 선생님들은 자신 있게 먹었다. 먹자마자 표정이 굳어졌다. 그리고 잠시 후, 어떤 선생님은 급하게 물을 찾고, 다른 선생님은 소리를 질렀다. 즐거웠다. 축제였다. 한 번 먹어본 선생님은 더 이상 먹지 않았다. 그렇게 불닭볶음면은 인기 없는 음식이 되어 버렸다. 늦게 온 선생님에게 모두들 한마음으로 불닭볶음면을 주었다. 한입 먹은 선생님은 안 맵다며 계속 먹었다. 처음에 참고 먹는 줄 알고 언제까지 그렇게 먹을 수 있나 보자 했는데, 정말 매운 것을 잘 먹는 선생님이었다. 다음 번에 더 매운 것을 준비하겠다고 하니 자신 있게 가져오라고 했다. 핵불닭볶음면이 있다고 하던데 어디 두고 보자!

알렉스가 음악을 틀었다. 탄자니아에서 유명한 댄스 음악이었다. 나에게 춤을 가르쳐 주겠다며 앞에서 춤을 췄다. 현란하게 발과 몸을 움직이는데, 따라 할 수 없었다. 유전자의 차이인가. 비슷하지도 않았다. 그냥 음악에 몸을 맡겼다. 이 자리는 어느 유명한 클럽의 중심이었고, 선생님들은 요즘 말로 인싸, 그것도 핵인싸였다. 정신 없이 춤추다 보니 땀이 났다. 쉴 타이밍이었다. 쉬면서 한국에 대한 이야기, 탄자니아에 대한 이야기 등 여러 가지 주제로 이야기하다 보니, 어느덧 집에 갈 시간이었다. 탄자니아 사람도 한국 사람과 똑같다. 사회, 경제, 문화에 대해 이야기를 하다 교사들이라 그런지 교육에 대한 이야기를 할 때 더 목소리는 커졌다. 일만하고 할 말만 하던 교무실에서 벗어나 개인적인 생각을 나누다 보니 더 가까워지는 듯했다. 집에 도착하니 11시였다. 힘들지만 괜찮은 하루였다. 위험한 밤거리에서 우리를 끝까지 챙기려는 선생님들 모습에서 정이 느껴졌다. 그 정은 참 따뜻했다.

아이가 태어나서 아이를 자랑하던 아빠 선생님도, 자기 가족들을 보여준다며 오라고 하던 가장 선생님도, 집을 지으면 초대하겠다는 집주인 선생님도, 모두 유쾌하고 따뜻한 탄자니아 사람이었다.

◆ 두 갈래 길

교장 선생님 집으로 가는 길이다. 울퉁불퉁한 길에 통통 튀다 보니 머리가 천장에 닿기도 한다. 거리에 야자수가 아름답다.

◆ Smile

모두가 와서 함께 요리한다. 준비할 요리가 없으면 재료 준비를 돕는다. 내가 카메라를 드니 자기를 찍어 달라며 나를 보고 잠시 멈춘다.

탄자니아에서 분필을 들다

◆ **한국인의 매운 맛**

불닭볶음면을 시도해보는 선생님들. 매운 음식을 좋아한다는 말에 특별히 준비했다. 웃으면서 도전했던 선생님들은 다른 선생님들을 웃게 했다. 사진의 주인공은 마테우스와 새로운 교장 선생님 음도에다.

◆ 씨익

사진 찍는 걸 정말 좋아한다. 계속해서 셀카를 찍고, 자기를 찍어달라고 한다.

◆ 매의 눈

셀카를 확인하는 모습이 예뻐서 사진을 찍는데, 어떻게 알아채고는 윙크와 따봉을 보낸다.

우리들의 발, 달라달라

◆ 그들의 시선
운전기사들이 탈 때마다 보는 시선이다. 어떤 마음이 들까 잠시 헤아려본다. 오늘도 시작이다. 오늘도 고생했다.

달라달라Daladala는 한국으로 치면 시내버스다. 버스 앞에는 출발점과 종점만 적혀 있다. 지역마다 글자와 배경 색깔이 달라서 색깔로 구분하기도 한다. 서민들이 이용하는 달라달라, 편하게는 '달라', 일 년 동안 발이 되어주었다. 탄자니아에 있는 동안 나는 달라와 우버를 많이 이용했다. 해가 있을 때는 달라를, 해가 없을 때는 우버를 탔다.

나와 완짱은 달라가 공짜다. 탄자니아에서 군인, 경찰, 그리고 교사 신분은 대중교통이 무료다. 학교에서 발급되는 카드는 교사라는 것을 증명할 수 있어서 돈을 내라고 할 땐 카드를 내밀었다.

달라 안에는 컨덕터라 불리는 사람들이 있다. 그들은 크게 두 가지 일을 한다. 먼저는 호객 행위, 즉 정류장에 있는 사람들을 태우는 일이다. 타야 한다면 알아서 탈 텐데 컨덕터는 목적지를 외치고 여기 타라며 손짓한다. 그래서 달라 정류장은 늘 시끄럽다. 또 컨덕터는 차비를 받는 일을 한다. 그때 신분증을 내밀면 컨덕터는 표정이 굳는다. 돈을 받지 못해서다. 마치 미용실에서 열심히 머리를 자르고 돈 받을 생각에 기대하고 있는데 쿠폰을 받는 느낌이랄까? 힘이 빠질 것이다. '도대체 이 외국인이 뭔데, 이런 대우를 받는 것인가' 하는 생각도 들었을지 모른다.

한번은 컨덕터가 계속 돈을 달라고 하기에 싫다며 학교 앞에서 실랑이를 벌이고 있었다. 학교 앞이 소란스러워지자 한 학생이 다가와 컨덕터와 이야기를 했다. 그러고는 돈을 건넸다. 컨덕터는 돈을 보자마자 낚아채듯 가져갔고, 달라를 타고 사라졌다. 어리둥절했다. 학생이 왜 돈을 냈는지 이해되지 않았다. '내가 돈이 없어서 그런 걸로 생각했나?' 학생에게 돈을 줬는데 받지 않았다. 선생님은 돈을 내지 않는 걸 알지만 소란을 만들기 싫다며 줘버렸다고 했다. 계속 돈을 받지 않는 학생이 기특해 차비보다 더 비싼 음료수를 사주었다.

또 한번은 내려야 하는데 컨덕터가 문을 막고 서서 돈을 내라고 했다. 밀치고 내리려고 했는데, 컨덕터는 비키지 않았다. 그러다 멱살을 잡는 상황이 되었다. 주변 사람들이 말리며 선생님인데 왜 돈을 받으려고 하느냐는 말에 결국 컨덕터는 나를 보내줄 수밖에 없었다.

탄자니아 사람들에게 유명한 '세마 싸마하니! 미안하다고 말해!' 사건이 일어났다. 한 컨덕터가 돈을 집요하게 요구하던 날을 완짱에게 하소연했다. 당시 완짱은 순한 컨덕터들만 만나 별 문제가 없어 보였다. 정확히 그 다음 날, 완짱은 씩씩거리며 집으로 왔다. 오자마자 하는 말이, "선생님이 말한 그 컨덕터 오늘 만났어요!" 했다. 자세히 들어보니, 완짱은 정류장에서 학생들과 같이 달라를 기다리고 있었다고 했다. 집 방향으로 가는 달라가 오길래 세우려고 손을 흔들었다. 그런데 달라는 멈추지 않고 천천히 달리며 컨덕터가 '너 돈 없으니까 못 타.' 하는 제스처를 하고 지나갔다고 했다. 컨덕터는 완짱을 나로 헷갈렸나 보다. 뒤에 학생들이 민망하게 웃었다고 했다. 하는 수 없이 뒤에 오는 달라를 타고 집 앞에서 내렸는데, 마침 무시하고 지나갔던 달라가 신호 대기 중이었다. '봤는데 어떻게 그냥 갈 수 있을까' 한 걸음에 뛰어가서 번호판을 찍고 앞을 가로막으며 컨덕터를 내리게 했다. 금세 사람들이 모였고, 교통정리를 하던 경찰도 달려왔다. 억울한 상황을 경찰에게 설명했다. 하지만 경찰이 해줄 수 있는 건 없었다. 원하는 것이 무엇이냐는 말에 진심을 담은 사과라며 "세마 싸마하니!" 하고 외쳤다. 그렇게 사과와 함께 앞으론 그러지 않겠다는 약속을 받고 오는 길이라고 했다.

우리 신분증을 쿨하게 인정하는 컨덕터와는 달리 이런 사람들이 한두 명은 있었다. 이 사람들 때문에 카드를 보여줄 때마다 눈치를 봐야 하고 긴장해야 하는 게 아쉬웠다. 그래도 우리는 언제나 당당하게 카드를 보여줬고, 돈을 내라고 요구할 때는 선생님이라고 했다. 달라 세계에서도 소문이 났는지 그날 이후로는 큰 문제가 없었다. 이런 사건이 있었다고 동료 교사들에게 말하니 돈을 안 내는 게 당연하다며 우리 편이 되어줬다. 그러면서 교육을 받지 않은 컨덕터들이 있어 이런 정책이 있는지도 모를 수 있고, 또 글을 읽지 못해 돈을 요구하는 경우도 있다고 했다. 실제로 어떤 컨덕터는 'Education officer'라고 적혀있는 신분증에 'Teacher'라고 적혀있지 않다며 돈을 요구하기도 했다. 그럴 땐 친절히 설명하거나 주변 사람들에게 도움을 요청하면 웃으며 해결할 수 있었다.

돈 200원이 없어서가 아니다. 내가 이곳에 있는 이유, 선생님이라는 것을 인정받고 싶었다. 무시당하고 싶지 않았다. 탄자니아에 있는 동안 엄연히 우리도 탄자니아 사람이었다. 출신은 다르지만 적어도 일 년 동안은 말이다. 우리는 교사로서의 특별한 권리가 아닌 탄자니아 선생님으로서 받아야 할 당연한 권리를 원할 뿐이었다.

그래서 우리가 내미는 카드는 언제나 당당했다.

탄자니아에서 분필을 들다

◆ 달라달라와 내 손의 달라

길 위에서 흔하게 볼 수 있다. 장식도 마음대로다. 미국 트럼프와 북한 김정은이 화해를 하기를 바랐던 것일까? 또 엽서로 만들 만큼 인기가 좋은 탄자니아 트레이드 마크, 달라달라.

◆ 짜잔

한국으로 치면 교직원 카드다. 달라달라 프리패스이기도 하다. 갑자기 사진을 찍으라고 했다. '여기서 아니면 어디서 웃어 보겠어?' 하고 활짝 웃었다. 그렇게 나는 웃는 신분증을 얻게 되었다.

◆ 가득 찬 달라달라

보통 이렇다. 출퇴근 시간에 인기 있는 노선은 이것보다 정확히 두 배 더 많다. 발 디딜 틈은 딛고 있는 곳 밖엔 없을 것이다.

◆ 돈을 달라달라

달라 안에서 일하는 사람, 컨덕터다. 손에 동전을 쥐고 흔들며 사람들한테 내민다. 정직한 사람들은 돈을 내지만 낸 척하거나 자거나 딴짓하는 현지인도 많다.

탄자니아에서 붓필을 들다

아오! 답답해!
....

답답하다!

짜증이 난다!

이 나라 경찰 때문이다. 왜 저렇게 일을 하는지 도저히 내 머리로는 이해할 수가 없다. 할 일이 그렇게나 없는지 당최 왜 도로에 서 있는지 그 이유를 모르겠다.

탄자니아 교통 문제는 두 가지로 압축할 수 있다. 먼저는 도로다. 넓은 고속도로가 없다. 일차선 도로가 대부분이라 추월을 하며 가야 되기 때문에 먼 지방을 가는 경우는 굉장히 위험하다. 또 차들이 많이 다니는 도심지역 도로는 깨지고 부서진 곳이 많다. 콘크리트를 일정 두께 이상 깔아야 하는데 시공사에서 돈을 아끼려고 얇게 깐 탓에 쏟아지는 비와 지나다니는 차 무게를 도로는 버티지 못한다. 움푹 패인 부분을 피하면서 운전을하다 보니 차는 정상적으로 움직일 수 없다.

사람들도 '누군간 하겠지, 나만 지나가자' 하는 생각이 강하다. 다들 기다리는데 인도를 침범해서까지 끼어드는 운전자들, 앞에서 새치기를 당하는 사람도 그냥 그러려니 하고 넘어간다. 도로도 지금만 지나가면 되지 하며 피해서 다닌다. 한국이라면 주민들이 신고해서 빨리 수리가 되게끔 했을 텐데, 여기는 늘 그대로였다. 신경 쓰면 나만 스트레스를 받는다. 답답함을 느낀 주민들이 임시방편으로 돌과 흙으로 메꿔 놓지만 그리 오래가지는 못한다. 내가 탄자니아에 있는 동안 도로 수리하는 것을 보기도 했는데, 그 기간이 몇 달 걸렸다. 동네 친구들이나 우버 기사들은 문제가 있다며 빨리 고쳐져야 한다고 입을 모았다. 그러나 자신이 할 수 있는 것은 없다며 체념한 것처럼 보였다.

두번째 이유는 경찰이다. 저녁에 우버를 이용했을 때다. 그리고 신호 대기를 하는데, 초록 불과 빨간 불로 신호는 바뀌는 게 보이는데 차들은 계속 멈춰 있었다. 무려 30분 동안 제자리였다. 어떤 원인인지 매우 궁금해졌다. 이 정도라면 분명 앞에는 무슨 일이 있어야 했다. 크게 사고가 났다든지 지진이나 토네이도 같은 큰 재앙이 닥쳤든지. 하지만 막히는 길 끝에는 아무 일도 없었다. 신호등 대신 교통경찰이 일을 하고 있을 뿐이었다. 경찰은 한쪽에 멈춰있는 차를 모두 보냈다. 오는 차가 더 이상 보이지 않을 때까지. 그렇게 10분이 지나가고 다른 방향에 있는 차도 그렇게 보냈다. 다른 10분이 흘렀다. 그 다음 쪽도 마찬가지로 10분. 다시 우리 차례로 되기까지 총 30분이 걸린 것이었다. 한 마디로 맨 앞에서 30분을 기다린 차와 맨 뒤에서 1분도 기다리지 않은 차가 똑같은 셈이다.

여기 교통경찰들은 짧게 짧게 끊는 것보다 한쪽에 있는 차를 모두 보내는 방법이 더 효율적이라 생각했다. 도저히 이해할 수 없었다. 참고 참아왔던 불평이 튀어나왔다. "왜 저딴 식으로 하는 거야? 그냥 신호등에 맡기면 되잖아! 정말 답답하네!" 했다. 답답한 건 모든 현지인도 마찬가지였다. 이런 문제들을 많은 사람과 이야기해보니, 외국인들부터 현지인들까지 이야기해본 사람들 모두가 공감했다. 하지만 현지인들은 자기들이 바꿀 수 없다고 생각했다. 포기한 듯 싶었다. 신호등이 된 경찰. 그 경찰들에게 어떤 것이 더 효율적인지 교육하고 싶은 마음이 신호 대기를 할 때마다 간절해졌다.

참고로 탄자니아 경찰에겐 막대한 권한이 있다. 경찰 말을 듣지 않으면 바로 구속할 수 있기 때문에 요구에 순순히 응해야 한다. 어떤 사람들은 머리를 조아리기까지 한다. 도로 위에는 특히 경찰이 많다. 대부분 차를 세우고 딱지를 끊는다. 정지선 넘었다고 잡고, 신호 위반 때문에 잡고, 앞에 라이트 때문에 세우고, 불시에 어떤 서류를 요구하기도 하고, 여러 다양한 이유들로 차를 세우고 조용히 속삭인다. '딱지를 안 끊을 테니 성의를 보여라'같이 대놓고 돈을 요구하기도 한다. 한 푼이 아쉬운 상황에서 비굴한 모습을 보이는 것이다. 특히 외국인 운전자에게는 더 까다롭게 군다. 한번은 이곳에 있는 증거를 요구했다. 한국에서 지나다니는 외국인에게 여권을 보여달라고 하는 셈이다. 보통 여권은 들고 다니지 않고 중요 서류라 집에 보관한다. 집에서 가져오겠다고 하면 이민국으로 가서 조사를 하자고 한다. 이민국으로 가게 되면 최소 그날 하루는 잡혀 있다고 생각하면 된다. 돈을 달라는 이야기를 돌려 말하는 것이다. 최대한 경찰과 만나지 않는 게 시간이며 돈이며 모두 절약하는 것이다.

탄자니아에서 어디론가 움직일 때는 '내려놓음'과 '더 내려놓음'이 필요했다. 도로 상태를 보고 내려놓고, 만나게 되는 경찰에서 더 내려 놓는다면 탄자니아 삶은 도로 위에서조차도 즐거울 것이다.

탄자니아 경찰, 마치 범죄자가 된 것마냥 도로 위에서는 피하고 싶었다. 흔히 볼 수 있었던 경찰. 사진 한 장 찍지 않은 게 아쉽다는 생각이 든다.

◆ 피해 가자

비가 오나 안 오나 온통 지뢰밭이다. 저기서 비가 더 많이 와서 도로가 잠기게 되면 크랙들이 보이지 않기 때문에 더 문제다.

◆ 도로 행진, 언제 가니?

어떤 날은 축제, 다른 날은 시위 또는 VIP 행진, 다양한 이유로 도로가 막힌다. 하지만 대부분은 교통경찰이 있어서다.

◆ 영화 포스터
제6회 한국영화제다. 1년에 한 번씩이니 벌써 6년이
됐구나.

탄자니아 영화관에서 한국 영화가 나왔다.

대한민국 대사관에서 주최한 행사다. 모든 비용은 무료다. 한 영화 상영
관을 빌려서 이틀에 걸쳐 상영한다. 영화 관람뿐만 아니라 팝콘과 음료수
도 주고 선물을 주는 추첨까지 하는 알찬 행사다. 안 그래도 학교에서 영

화를 보여줄까 했는데 대사관에서 이런 행사를 하다니, 하늘이 돕는 듯했다. 한국 영화 관람은 한국에 대해 알 수 있는 좋은 시간이라고 생각해서 학생들이며 선생님들에게 적극 홍보했다. 2018년에는 '족구왕', '용의자'와 '소원'이라는 영화다. 특히 영화 '소원'은 초등학생 성폭행에 관련된 영화인데 탄자니아 사람에게 보여주고 싶어서 특별히 정했다고 했다. 조심스럽게 탄자니아 사람들 반응이 궁금해졌다.

선생님들은 학생들 절반 이상이 성 경험이 있다고 할 정도로 성에 대해서 무지하고 문란하다고 말했다. 우리 학교에서도 성교육을 하지만 '그러려니' 하는 생각에 심각하게 다루지 않는다고 했다. 어린아이 성폭행 문제에 대해 탄자니아 사람은 어떻게 생각하는지, 나라를 뛰어 넘어 인류의 문제로 인식했으면 하는 바람이었다.

영화제 포스터를 학교에 붙였다. 지난번에 다녀온 학생도 있었다. 선착순으로 표를 받는 것도 그 학생이 알려줘서 알았다. 몇몇 학생들은 한국 행사에 관심이 많았다. 이번 영화제는 현지 선생님 알렉스, 시파, 마티어스와 함께 했다. 선생님들 중 한 명은 영화관에 처음 간다며 신나 했다. 나이가 50 가까이 됐는데 영화관이 처음이라니 또 처음 보는 영화가 한국 거라니 부디 좋은 추억으로 남았으면 하고 바랐다.

영화관에 도착했다. 공짜라서 사람이 몰려 영화관이 가득 차면 어떨까 걱정했는데 적당했다. 사진 찍히는 걸 좋아하는 알렉스는 카메라를 찾아

이리저리 돌아다녔다. 팝콘과 음료수 그리고 추첨권도 받고 자리에 앉았다. 오늘 볼 영화는 '용의자'다. 공유 주연의 북한 첩보 내용이다. 외국인들에게 한국에서 왔다면 거기 살기 괜찮냐며 북한 때문에 무섭지 않냐고 걱정해준다. 외국인들은 남북한에 대해 관심이 많다. 마침 잘됐다 싶었다. 이 영화가 남북한 이해에 조금이라도 도움이 됐으면 했다.

한창 영화를 보다 말고 갑자기 알렉스가 속삭였다. 공유가 클로즈업 되는 장면이다. 화면을 가리키며 "쟤 너랑 닮았어!" 했다. 바로 일어나 팝콘이라도 사와야 할 것 같았다. 영화가 끝나고 다시 물어보니 정말 닮았다며 고개를 힘차게 끄덕였다. 옆에 있던 한국인들은 멋쩍은 웃음을 지었다. 이 이야기는 탄자니아에 사는 동안 재미있는 자랑거리가 되었다. 우리가 탄자니아 사람들이 모두 비슷하다고 생각하는 것처럼 아시아 사람들을 비슷하게 봤을 것이다. 알렉스를 볼 때마다 물었다.

"지난 번에 영화관에서 뭐라고 했지?"

"Suspect" 하고 말했다. 영화제 이후로 나는 알렉스에게 용의자였다.

이번 영화제에는 탄자니아 사람들뿐만 아니라 한국인들도 많이 왔다. 한국인은 고향에 대한 그리움을 해소하는 시간이 되었고, 탄자니아 사람들은 한국 문화에 대해서 알게 되는 시간이었다. 또 누군가는 첫 영화관 첫 영화의 추억을 갖게 되는 시간이기도 했다.

이번 영화제는 많은 사람에게 다양한 모습으로 다가왔다.

◆ 우리들만의 시사회

입장하기 전에 찍은 단체 사진. 잘 왔다고 환영해주고, 반가운 얼굴들도 많이 보고 이 자리는 우리들만의 시사회가 되었다.

◆ 우리들 행운

추첨을 위해 받은 번호표. 우리 번호가 불렸으면 하는 바람과는 달리 행운의 주인공은 다른 번호에서.

◆ **감사합니다**
대한민국 총리가 탄자니아를 떠나시면서 마지막 인사로 손을 흔들고 있다.

"이날 바빠요?"

대사관 실무관에게서 문자가 왔다. 실무관은 평소에 연락을 자주 하지 않는다. 게다가 평일 바쁘냐고 물어보는 건 일반적이지 않았다. 무슨 일이 냐고 물어보니 스케줄이 되는지만 알고 싶어 했다. 마침 그날은 수업이 있었다. 궁금증만 생긴 채 대화는 끝났다.

다음날 코트라에서 통역 아르바이트를 해달라는 연락을 받았다. 역시 수업이 있는 날이라 안 된다고 했다. 수업이 없는 완짱에게 물어보니 대사관에서 도와달라고 해서 못한다고 했다. 대사관에서는 어떤 일인지는 말해주지 않았다고 했다. 도대체 그날이 무슨 날일까? 궁금증이 증폭됐다. 다행인지(?) 그날 있던 수업이 취소가 되었다. 그리고 실무관에게 지난 번에 물어본 그날에 수업이 취소 돼서 도울 수 있을 것 같다고 했다. 많이 당황한 눈치였다. 나에게 도움을 요청하지도 않았는데 먼저 도와준다고 했으니 말이다.

사실 그날은 대한민국 이낙연 총리가 탄자니아를 방문하는 날이었다. 인터넷을 관심 있게 봤다면 총리가 언제 어디를 순방하는지 알 수 있긴 하다. 보필하는 인원이 부족해 파견 교사들에게 부탁했던 것이다. 알려지면 좋을 게 없어 비밀로 했는데 다른 사람들이 알게 된 것 같아 당황했던 것이다. 현지 사람들에게 대한민국에서 중요한 사람이 온다는 소식이 퍼지지 않아야 했을 것이다. 혹시 모르는 테러 가능성 때문에 보안이 중요했다.

총리가 해외 순방을 하면 한국에서 스케줄이며, 차량이며, 경호며 평소에 보필하던 사람들도 함께한다. 이 팀을 본대라고 한다. 그리고 현지에서는 총리를 맞이해서 본대가 스케줄을 잘 소화하도록 돕는 팀이 꾸려진다. 그 일을 대사관에서 한다. 쉽게 말해 육군대장이 한 부대를 방문하면 그 부대를 잘 아는 부대장이 옆에서 설명해주는 것과 같다. 본대가 왔을 때 탄자니아를 잘 아는 대사관에서 그 일을 하는 것이다. 본대가 정해진 스케줄을 무사히 마치도록 돕는 것이 대사관의 역할이다. 본대와 현지 실무진들은 스케줄을 주고 받으며 완벽하게 숙지한다. 한 치의 오차도 허용하지 않았다.

이번 총리 방문에 나는 도우미 역할을 맡았다. 가장 큰 임무는 총리를 보좌하는 사람들이 국적기에서 내려서 버스를 잘 탈 수 있도록 하는 일이다. 별 거 아닌 것처럼 보이지만 부담이 컸다. 그들에게 어중간하게 '12~13명 정도 탈 걸요?'는 허용되지 않았다. 정확히 어떤 사람이 내가 맡은 버스에 타는지 알고 있어야 했다. 이름과 직책까지 외울 필요가 있었다. 하루 일과는 총리의 일정이 시작하기 전부터 시작되어 총리가 숙소에 들어가면 끝이 났다. 나는 그동안 실무진들이 원활하게 일을 할 수 있도록 도와주는 일을 하게 되었다.

이번 일은 국가의 일, 평생에 한 번이라도 할 수 있을까 하는 경험이었다. 모든 것은 종이에 적힌 그대로 움직여져야 했다. 개인의 생활 계획표처럼 되면 하고 안 되면 안 하는 것과는 차원이 달랐다. 군대에서 움직이는 것보다도 더 빡빡하게 느껴졌다. 짜여진 계획표 대로 움직이지 못하면 분위기는 심각해진다. 실무진들은 오차와 돌발 상황을 가장 무서워했다. 일정표는 유동적이지 않았다. 개인, 회사가 아닌 국가 대표팀이었다. TV에서 보는 것처럼 평안해 보이던 것이 아니었다. 보이지 않는 곳에서 고급 인력들이 밤을 새워 움직이고 있었다. 이날은 TV에서만 보던 총리를 실제로 보았던, 또 대한민국의 움직임을 실제로 느껴봤던 역사적인 날이 되었다.

보이는 것이 전부는 아니었다.

◆ 탄자니아와 대한민국의 조화

◆ 국적기를 배경으로

◆ 격한 환영

탄자니아에서 분필을 들다

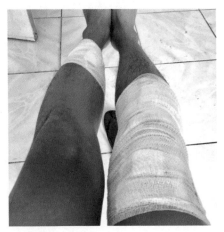

◆ 그리고
붕대를 얻어서 스스로 감았다.

탄자니아에서 가장 무서웠던 날.

기억하고 싶지 않은 하루.

일어나지 않았으면 하는 일이 일어났다. 어쩌면 한 번은 일어나야 했을지

모른다. 중국집에서 저녁 먹고 근처 정류장으로 가던 어느 날, 다른 차들

은 우리를 넓게 피해 갔는데 어떤 한 차만 유난히 가까이 다가왔다. 거의 스쳐 지나갈 정도로. 화가 나는 마음에 보이지 않는 운전석 쪽을 째려볼 뿐이었다. 불쾌하다는 것을 표현하고 싶었다. 갑자기 옆에서 비명 소리가 들렸다. '이게 무슨 상황이지?' 생각하던 찰나, 내 몸은 뒤로 날아가고 있었다. 마치 놀이기구 타는 것처럼. 그때까지도 어떤 상황인지 정확히 인지하지 못했다. 몸이 땅에 닿는 게 느껴졌고 나는 끌려가며 생각했다.

'아 이게 강도구나! 내가 강도 당하고 있는 거구나. 이렇게 많은 사람들이 당한 거구나. 어떤 사람은 끌려가다가 죽었다던데, 나도 놔야 하는데, 가만… 가방 안에 뭐가 들었지? 카메라!'

가방을 뺏기고 싶지 않았다. 최대한 발악해 보기로 했다.

몸을 뒤집었다. 앞으로 일어났다. 아래로 신발이 땅에 끌리는 게 보였다. 뒤로 누우려는 순간, 갑자기 차 속력이 빨라졌다. 두 손으로 가방을 잡은 채로 이번엔 앞으로 넘어지며 끌려갔다. 무릎이 쓸리는 게 느껴졌다. 차에 있는 사람도 어찌나 꽉 잡고 있던지 놓지 않았다. 70kg 넘는 사람이 가방을 당기고 있었고, 땅과 마찰력도 높았을 것이다. 손으로 당겼다면 그도 분명 아팠을 텐데도 놓지를 않았다. 더이상 안되겠다 싶어 가방을 놓았다. 엎드린 채 멀어져 가는 차와 그 옆에 대롱대롱 매달려 가는 가방을 그저 바라볼 수밖에 없었다. 주변에 있던 사람들이 소리를 지르고 손에 들고 있던 것도 던지면서 막으려고 했지만, 속력을 높인 차를 막을 수 없었다.

화와 익숙함에 따른 결과였다. 내 안에 있는 화 때문에 상대도 안 되는 차와 맞서려고 했다. 차가 가까이 올 때 옆으로 조금 피했다면, 거리를 뒀다면 이런 일은 일어나지 않았을 것이다. 또 밤길을 걸어 다니지 말라고 사람들이 충고를 했는데, 아무 일도 없었던 지난날들을 앞으로도 아무 일 없을 것 같다는 익숙함으로 받아들였던 결과였다.

차에서 손을 내밀어 가방을 당겨 가져가는 방법. 탄자니아에서는 '차치기'라고 한다. 그들은 내가 어떻게 돼도 상관 없었다. 단순히 가방만 가져가려고 했겠지만 내가 차 바퀴에 깔리든 끌려가다 어떤 돌에 처박히든 그들은 정말 상관없었을까? 마음에 조그만 찔림도 없었을까? 어쩜 사람이 이렇게나 잔인할까. 어쩌다 이렇게까지 병들었을까!

그리고 왜 하필 그때였을까? 그들은 왜 그때 그 거리를 지나가고 있었을까? 나도 왜 그때 그 거리를 지나갔을까? 조금만 더 일찍 가거나 늦게 지나갔다면 이런 일을 피할 수 있었을까? 반대 쪽 차선으로 갈 걸 그랬나? 차가 뒤에서 오더라도 그 차선으로 갈 걸 그랬나? 그리고 나는 왜 카메라를 가져왔을까! 옆에 오토바이가 있었는데 왜 따라가자고 조르지 않았을까! 그렇게 쫓았다면 뭐가 달라지긴 했을까? 머리 속이 복잡해졌다.

머릿속에선 수많은 영화 같은 장면이 떠오른다. 차를 쫓아가서 다시 찾는다든지, 어떤 의로운 사람이 뺏어서 돌려준다든지 하는 해피 엔딩과 총을 가지고 있어서 나를 쏜다든지 죽기살기로 덤볐지만 오히려 내가 위험에 빠진다든지 하는 새드 엔딩들이 말이다.

대처는 빨랐다. 곧바로 경찰서에 신고하고 필요한 서류를 신청했다. 형사는 잡기 위해 노력하겠다고 했다. 찾을 가능성은 희박하지만 그래도 희망을 버리지 말라고 했다. '그래서 잡을 수 있다는 건가?' 희박한 희망을 가져보기로 했다.

병원으로 갔다. 빨리 치료 받고 집에 가고 싶은데 궁금한 것이 뭐 이리 많은지, 자꾸만 물어왔다. 드레싱할 때도 많이 아팠다. 무릎은 아스팔트 위에서 쓸려서 피부는 벗겨지고, 모래가 박혀 있었다. 식염수를 부어가며 상처를 닦는 것도 어설펐다. 식염수에 응급실 시트가 모두 젖고 나서야 드레싱은 끝이 났다. 상처를 닦으니 집에 가란다. 헛웃음이 나왔다. 서러워 눈물이 날 정도였다. 한국 병원이 그리웠다. 어떤 곳에서도 환자를 이렇게 보내진 않는다. "약은? 그리고 붕대는?" 하고 물어보니, 상처는 공기 중에 노출되어 있어야 빨리 아문다며 줄 수 없다고 했다. 상처는 직접 치료해야 했다. 다행히 탄자니아로 파견된 간호사 선생님 도움으로 빠르게 회복할 수 있었다. 이 자리를 빌려 감사의 인사를 전해본다.

가방과 카메라, 괜히 찾을 것만 같았다. 탄자니아에서는 보기 드문 모델이라 중고로 팔려고 시도하는 순간 바로 추적이 가능하다고 생각했다. 또 어떤 여행자는 노트북이 든 가방을 통째로 잃어버렸는데 그 지역에 보상

금을 걸고 찾았다는 이야기도 생각났다. 가방을 뺏기는 순간, 나도 그렇게 찾아야겠다고 생각했다. 왠지 모르게 찾을 수 있을 거 같았다. 심지어 괜찮은 기적의 이야기가 쓰일 것 같다는 생각에 들뜨기까지 했다. 그러나 현실은 달랐다. 매일 탄자니아 중고나라 사이트를 지켜보고, 시장 갈 때마다 중고 가게를 둘러보고, 심지어 전단지를 붙이고 기다려봐도 아무런 연락이 오지 않았다. 결국 가방은 찾지 못한 채 한국으로 돌아왔다.

그날 이후, 수많은 생각이 후유증으로 나를 괴롭혀 왔고, 가까이 지나는 차나 사람만 봐도 긴장하게 되었다. 그래도 감사하려 했다. 뺏긴 물건들이 아쉽지만 그래도 하반기에 뺏겨서 감사하고, 몸도 이 정도만 다쳐서 감사하고, 어디 부딪히지 않아 깨지거나 부러지지 않아 감사했다. 또 원래 노트북을 가져가려고 했는데 집에 놓고 와서도 감사했다. 무엇보다 살아있어서 감사하다.

다시 생각해보면 매우 위험했다. 운전자가 속력을 엄청나게 높였거나 좌우로 움직였다면, 아니면 넘어지며 어디 돌에 부딪혀 정신을 잃었다면, 그들이 칼을 가지고 있었더라면…. 상상하기도 싫은 것들이 의지와는 상관없이 떠오른다.

탄자니아에서 지워버리고 싶은 하루다.
그러나 잊어서는 안 되는….

◆ 서성거림

저기 서 있는 위치가 바로 내가 당한 위치다. 방지 턱 위를 지나갈 때 딱 저 순간이다. 그들은 나를 보고 무슨 생각을 했던 것일까?

◆ 평범한 거리

한적해 보이지만 치열했던 거리다. 알고 보면 많은 사람들이 노리고 또 다른 사람들은 당하는 위험한 거리다.

탄자니아에서 분필을 들다

◆ **간절한 마음으로**
당했던 주변을 중심으로 혹시나 하는 마음에 전단지를 붙였다. 무소식은 희소식이 아닌 아쉬움이었다.

◆ **거리의 흔적**
바닥에 쓸린 흔적이다. 방지 턱에서 조금 떨어진 곳에 엉덩이부터 떨어져 끌려 다니다가 다시 가속하는 바람에 공중에 떠서 끌린 흔적이 그대로 남아있다.

◆ 대한민국 별
탄자니아 한인 교회에 나오는 한국인들이다. 멀리서 한국을 전하고 있는 밝은 별이다.

탄자니아에 한인은 800명 정도 산다고 한다. 다른 아프리카에 비해서는
많은 편에 속한다. 머무는 단체도 다양하다. 선교사 가정과 사업체, 또 이
민 와서 살고 있는 교민도 있고, 여러 NGO 단체들이 있다. 해외 파견을
이렇게나 다양한 신분으로 나올 수 있다는 것을 여기 와서 알게 되었다.

외교부와 교육부 그리고 월드비전, 월드케어, 굿네이버스, 글로벌투게더, 수출입은행, 코트라, 코이카, 견습 선교 프로그램 등, 여러 신분으로 탄자니아를 방문한다.

다레살람 한인 교회는 하나다. 주일날 교회에서 한인들과 나눔을 통해서 외로움을 달래곤 한다. 선택지가 없는 것이 때로는 좋다. 고민하느라 시간을 허비하지 않아서다. 한인 교회 고정 출석은 50~60명 정도다. 이 비율로 탄자니아 다레살람에 있는 한인들을 짐작해 볼 수도 있다.

탄자니아에 한인 마트는 없지만, 중국 마트에서 라면 같은 한국 음식을 구할 수 있다. 쉽게 구할 수 없는 돼지고기도 이곳에서 살 수 있다. 한국의 맛이 그리울 때는 중국 마트를 가면 된다. 또 한인 교회에서 집사님을 통해 떡이나 빵, 김치를 살 수 있다. 한식이 그리울 때 가는 것도 하나의 방법이다.
탄자니아에도 한식당이 여러 개 있다. 현지 식당에 비해서 비싼 편이지만 한국에 대한 그리움을 줄일 수 있다. 오래 되신 분들은 10년, 20년, 그 이상 살고 있었다. 1년 정도 있는 나와는 비교할 수 없을 정도로 탄자니아에 애착이 많이 있었다. 오래된 교민들에게 탄자니아 삶을 듣다 보면 시간 가는 줄 모른다. 집이 털리거나 돈이 없어지거나, 믿었던 사람에게 뒤통수를 맞고 무시 당한 내용처럼 분명 안 좋은 이야기를 하는데도 불구하고 웃고 있는 표정에서 차원이 다른 내공이 느껴졌다.

거리를 지나다니다 보면 나 보고 "치노(중국인), 재패니즈(일본인)?" 하고 묻는다. 한국인이라고 하면 사람들은 "코리아 이즈 굿!" 하고 말한다. 중국은 싫고 한국이 좋다고는 하는데 별 다른 이유는 없는 것 같다. 그냥 나에게 잘 보이고 무언가 얻으려고 했던 입에 발린 말이었을지도 모르겠다. 그래도 한국에 대한 전체적인 이미지는 좋다.

탄자니아에는 많은 한국인이 살고 있다. 서로 의지하고 도우며 살아간다. 외국에서 살다 보면 동지애가 생긴다. 피 한 방울 섞이지 않고 한국에서도 특별한 공통점은 없지만 같은 나라 출신이라는 공통 분모로 모여 어려움이 있을 때 서로 돕고, 행사가 있을 때 함께 즐거워하며 시간을 보내다 보면 동지애가 생긴다. 같은 언어를 사용하고, 자유롭게 이야기할 수 있는 것이 얼마나 편안한가! 한국에서만 살았다면 느끼지 못했을 것이다. 평소에 그리고 일상에 감사해야 함을 다시 한 번 느꼈다.

탄자니아 구석구석, 작은 마을에도 한국인들이 있다. 시골로 갈수록 선교사님이 대부분이지만 그곳에도 한국인이 있었다. 좋든 싫든 우리 모두는 대한민국을 대표하는 사람이었다. 탄자니아 사람들에게 한국 사람은 좋은 사람, 대한민국은 좋은 나라로 기억됐으면 한다.

우리는 대한민국의 별이다.

탄자니아에서 분필을 들다

밥퍼
....

◆ 일로와 봐
같이 사진 한 번 찍자. 이 마을 아이들은 한국인을 좋아한다. 사랑을 나눠줘서 그런 것 같다. 밥퍼 앞치마를 하고 있는 아이는 이 마을에서 뽑힌 대표 봉사자이다.

 다일공동체라는 곳은 현지 지역 주민에게 도움을 주는 봉사 활동을 한다. 매주 토요일 점심에 지역 주민에게 한 끼 식사를 제공한다. 탄자니아에는 다레살람에 있고, 빵과 밥을 무료로 준다. 이름이 참 재밌다. 밥을 퍼준다고 해서 밥퍼Bobfor다. 한 번에 평균 800명의 아이들이 온다. 그들에게 예수

님을 전하는 선교 사역이기도 하다. 한국인 원장님과 봉사단원 2명, 나머지는 현지 사람들이다. 평일에는 한국어를 가르치고 토요일엔 한 끼 점심을 나눠준다. 봉사는 일손이 부족해서 다른 여러 한인들이 와서 돕곤 한다.

11시 정도가 되면 밥 배식을 시작한다. 동네 아이들은 1시간 전부터 줄을 서서 기다린다. 온 순서대로 밥을 받을 수 있어서다. 많아야 15살, 대부분 어린 아이들이다. 어른들은 보이지 않는다. 머리 수대로 그릇을 주기 때문에 아이가 아이를 업고 와서 최대한 많이 받으려고 한다. 꼬마 아이가 두 달 된 아이를 업고 있고, 더 큰 아이들은 안고 있다. 배식이 시작되면 봉사자들은 위치를 잡는다. 손을 씻겨주는 사람 그리고 밥을 퍼주는 사람, 콩을 퍼주는 사람과 그 외 다른 반찬을 퍼주는 사람이 한 조를 이뤄 그릇하나를 채운다. 정성스럽게 채워진 한 접시는 사랑으로 꿇은 무릎을 통해서 아이들 손에 올려진다.

어떤 아이들은 바로 먹지 않는다. 가져온 통이나 봉지에 넣어서 집에 가져간다. 가족들과 같이 먹기 위해서다. 어떤 아이들은 더 많아 보이는 다른 그릇에 손을 댄다. 몰래 뺏어 먹다가 싸우기도 하기 때문에 먹는 동안에도 눈을 뗄 수 없다. 나는 식탁과 의자에 흘린 음식을 치웠다. 밥을 다른 곳으로 옮겨 담다가 흘린 밥풀은 다른 아이들이 앉을 때 옷에 묻기 때문에 바로 치워줘야 한다. 정신 없이 돌아다니다 보면 어느새 빈자리가 많아지고 배식은 끝이 난다. 아이들이 다 먹은 후에 봉사자들이 밥을 먹는다. 솔직히 내 입맛엔 맞지는 않았는데 남기거나 버릴 수 없었다. 현지 아이들이 오랫동안 줄을 서서 먹는 소중한 음식이었으니 말이다.

 늘 집과 학교만 왔다 갔다 하고 큰 도시로만 다니다 보니 변두리를 볼 기회가 없었다. 가난한 아이들은 많았고, 일주일에 한 번 이 밥에 의지하는 가정도 많았다. 밥퍼는 지역 공동체에 큰 도움이 되고 있었다. 하루 봉사로는 미미하겠지만 조금이라도 도움이 되면 좋겠다.

 밥을 기다리는 아이들에게 다가가 장난을 친다. 아이들은 카메라를 처음 보는 것처럼 순수해 보인다. 카메라를 들이대면 손으로 얼굴을 가리고 숨는 아이들이 있고 활짝 웃거나 오버하는 아이도 있다. 비닐공으로 축구하는 아이들, 모래 위에서 텀블링을 하며 뛰어노는 아이들, 장난감으로 소꿉장난하는 아이들, 더 작은 아이를 돌보는 아이들. 이곳에서 사는 아이들은 대부분 영어를 잘하지 못한다. 몸짓으로 대화를 나눌 수 밖에 없었다. 서로 궁금하고 신기해 하고 친해지고 싶은 마음은 같았기에 언어는 장애물이 되지 않았다.

봉사를 하러 온 곳은
나만의 여행지가 되었다.

◆ 기다리는 아이들

배식이 시작되기 몇 시간 전부터 아이들은 줄을 선다. 줄 서는 것을 관리해주지 않으면 새치기 하는 아이 때문에 싸움이 나기도 한다.

◆ 우아아

권총은 나쁜 거라 생각해 잠깐 압수했다. 그러다 어린 시절이 생각나 다시 돌려줬다. 권총은 폭력성을 키우는 게 아니라 그냥 멋있어 보이고 싶은 것이었다.

◆ **밥 탑**
많은 인원에게 효율적으로 배식하기 위해 그릇을 쌓는다. 최대한 오염이 덜 되게 조심조심.

◆ **저기 봐봐**
음식을 기다리는 아이들을 담기 위해 카메라를 들었다. 동생이 다른 곳 보길래, 얼굴을 잡고 돌리고 있다.

◆ **아름다운 손**
아이들이 들어오면 가장 먼저 손을 씻겨준다.

◆ **두 손 모아**
하나님께 감사함으로 기도한다. 오늘도 한 끼를 주셔서, 만나게 하셔서 감사합니다.

◆ **테이크 아웃**
집에 있는 부모님을 위해서 또 다른 형제 자매를 위해서 아니면 다른 날을 위해서 셀프 테이크 아웃을 하고 있다.

탄자니아에서 분필을 들다

◆ 장인의 손
멋진 옷을 만들기 위해 집중하고 있다.

한 번 맞춰보고 싶었다.

아프리카 느낌 나는 옷.

'키텡게'라는 천이다. 캔버스 재질보다는 얇고 일반 면보다는 두껍다. 이 천으로 만든 셔츠는 베일 정도로 짱짱하다. 그만큼 단단하다. 현지인들은 격식 차릴 때 입는 옷이기도 하다. 깔끔한데다 아프리카 특유의 무늬가 있다. 전 세계 어디서 입어도 이 옷은 아프리카에서 만들었다는 느낌을 풍길 수 있다.

옷을 만들어주는 곳은 흔하다. 천과 재봉틀만 있으면 무엇이든지 만들어 주기도 한다. 단 디자인을 제공해야 한다. 알렉스가 여기가 잘한다며 추천해 주었다. 대학교를 졸업하고 처음 양복을 맞출 때처럼 어깨선, 팔 길이, 허리 둘레, 가슴둘레까지 모두 쟀다. 주인은 일주일이면 완성된다고 했다. 일주일이 지났다. 감감무소식이다. 예상했던 부분이라 화가 나진 않았다. 아프리카 어디서든 시간을 지킨다는 것은 기대하지 않는 것이 정신건강에 좋았다. 또 다른 일주일이 지났다. 학교에 갔더니 알렉스는 화가 나 있었다. 나보고 같이 찾아 가자고 했다. 원래대로라면 오늘 완성해서 학교로 가져다 줘야 하는데 그들은 약속을 지키지 않았고, 이제는 전화도 받지 않았다. 알렉스가 소개해줘서 그런지 안 좋은 모습에 대해 미안해 하는 것 같았다. 영어를 잘못하는 그들과 전화로는 이야기할 수 없어 수업이 끝나는 대로 가기로 했다.

옷가게로 가기 위해 바자지를 탔다. 알렉스는 이런 사회와 문화에 대해 불평했다. "시간을 지켜야지 지키지 않는 것은 다른 사람을 무시하는 행동이다. 내 시간은 소중한데 그들은 내가 항상 시간이 많은 줄 안다"고 투덜

탄자니아에서 분필을 들다

거렸다. 그러면서 한국은 어떠냐고 물었다. 확실히 한국은 다르다. 늦을 것 같으면 늦는다고 한다. 당일 연락이 안 되는 건 매우 무례한 일이다. 이런 경우에도 주인은 미리 연락을 해줘야 하는 게 한국 문화이며 정서에 가장 맞는다고 말하니, 여기도 그랬으면 좋겠다며 부러워하는 듯했다. 사실 알렉스도 시간 약속을 안 지킬 때가 있었지만 연락이 안 되지는 않았다. 주인과 비교했을 때 알렉스는 괜찮은 편이었다.

도착했다. 주인은 당황해 하는 것 같았다. 갑작스럽게 찾아와서 그랬을 것이다. 역시 주문한 옷들은 모두 완성이 안 되어 있었고 미안했는지 전화를 피하고 있던 것이었다. 그나마 완성된 것도 주문했던 것과 다른 것이 있었다. 오면서 알렉스와 했던 말도 있고, 또 불편하면 불편한 티를 내야 한다는 생각이 들었다. 그래야 고칠 것 같았다. 짜증 섞인 말투로 연락은 왜 안 되느냐, 옷은 또 왜 주문한 것과 다르냐며 따지듯 말했다. 주인은 미안하다며 너무 바빴다고 했다. 화를 낸다고 그 상황에서 바뀔 것은 없었다. 완성된 옷을 입어보았다. 괜찮았다. 치수도 대충 재는 것 같았는데 잘 나온 듯했다. 괜찮은 옷을 보았고, 또 여기까지 온 교통비를 부담한다는 말에 기분이 조금 풀렸다. 언제까지 완성하겠다는 기약 없는 약속을 받고 돌아왔다. 옷은 잘 만드는데 시간 약속만 잘 지키면 완벽할 것 같았다.

키텡게 옷은 나를 스타로 만들어 주었다. 거울을 볼 때 무늬 때문에 조폭처럼 보여서 깜짝 놀라기도 했지만 오히려 여기서는 그렇게 보이는 게 이득이기도 했다. 탄자니아스러운 모습에 만족스러웠고, 괜찮은 옷을 싼 값에 살 때처럼 기분이 좋았다.

어렵게 얻은 옷 잘 입고 다니겠습니다.

◆ 천을 구하자 / 장인의 손

◆ 알렉스와 함께 / 옷 자랑

◆ 키텡게 옷 거리

◆ 메리 크리스마스
여름이나 겨울이나 어디서나 크리스마스는 즐겁다.

탄자니아에서 뜨거운 크리스마스.

덥다. 밖에 나갔다 오면 땀에 티셔츠는 젖는다. 예전에 호주 이후로 맞
이하는 두 번째 썸머 크리스마스다. 그때도 어색했는데 여전히 어색하긴
하다.

하얀 눈과 아무리 껴입어도 차가운 공기, 거리엔 붕어빵 냄새, 반짝반짝 초록색 빨간색의 절묘한 조화, 붐비는 사람들, 웃으며 행복해 하는 사람들의 표정.

이곳은 없다. 다 어디로 갔는지, 거리에 그 많던 사람들이 보이지 않았다. 집 옆에 오픈한 지 얼마 안 된 가게는 손님은 없고 직원들만 붐비고 있었다. 달라달라도 가득 차야 하는 시간대인데 빈자리가 많았다. 그들은 표정으로 '휴일인데, 전 세계적으로 인정하는 휴일에 다른 사람들은 집에서 쉬거나 놀러 가는데 나는 여기서 무엇을 하는가. 나는 왜 이곳에 있는가'를 말해 주었다. 나도 모르게 그들을 안쓰러운 눈으로 바라보았다. 이 사람들이 한국에서 나를 본다면 시선은 뒤바뀔 것이다. 나와 이들은 이 시간, 이 공간에서 단지 존재의 이유가 달랐다. 탄자니아라는 땅 위에서 같은 공간, 같은 날에 있지만 여행과 삶으로 엇갈리고 있었다. '여행으로는 그 어떤 곳도 좋고, 삶으로는 그 어떤 곳도 힘들다'는 문장을 나도 모르게 마음에 품고 있었던 것이다. 처음 안쓰럽게 보던 시선은 곧 일을 하는 나 자신을 바라보는 시선이었음을 깨달았다. 과연 여행과 삶이 똑같을 수 있을까? 환경은 똑같지 않겠지만, 그래도 마음은 같을 순 있겠다.

'그래! 매 순간 여행하는 마음으로 일 할 때도 기쁘게! 행복하게!'

기계적으로 '카리부(환영합니다)'를 외치던 분위기 속에서 "메리 크리스마스" 하고 인사를 건넸다. 직원 표정이 달라졌다. "너도 메리 크리스마스!"

인사 한마디에 분위기가 달라진 것이 느껴졌다. 형식적인 인사로 과분한 답례를 받았다. 그 직원은 오늘 정말 즐거운 하루를 바라는 마음을 담아 진심으로 인사를 해주는 것 같았다. 촉촉한 눈빛과 내 마음의 울림을 통해서 느낄 수 있었다.

이번 탄자니아에서의 크리스마스, 나는 집에서 보내기로 했다. 너무 덥기도 했다. 사실 이렇게 더운 날은 그늘 아래 있어야 한다. 불어오는 바람에 기분도 상쾌해지고 건강해지는 것 같았다. 딱히 뭘 하고 싶지도 않았다. 이제 한국으로 돌아갈 날이 일주일도 채 남지 않았다. 경험상 이때쯤이면 일상이 소중해진다. 평소에 그냥 지나쳤던 것도 더 눈에 들어오고, 더 간직하려고 한 번 더 눈길이 간다. 주변에 집중하게 된다. 저 멀리 보이는 빌딩들과 바다와 사람들, 도로 위 차 경적 소리, 외침 소리. 평소보다 오히려 더 한적한 날, 탄자니아 크리스마스에 푹신한 소파와 건강한 바람 속에서 개운한 낮잠을 잤다.

메리 크리스마스!
삶을 여행처럼, 여행을 삶처럼.
매 순간 기쁨이 넘치는 삶을
모든 사람에게 바라본다.

탄자니아에서 붓필을 들다

◆ 2018 탄자니아 크리스마스 오후

다들 어디로 가버렸는지, 한창 밀릴 시간, 한창 시끄러울 시간인데도 불구하고 거리는 조용하다.

Chapter 02

「탄자니아 학교」

이제는 탄자니아 교육에 대해 간단하게 알아보자.

탄자니아 학제는 7+6이다.

Primary 학교 7년, Secondary 학교는 6년이다. Secondary 학교는 Ordinary Level 4년, Advanced Level 2년으로 나눠진다. 7+4+2라고 부르기도 한다. O-Level 4년까지가 탄자니아의 의무 교육이다.

의무 교육 기간에는 학생들에게 어떠한 돈을 받을 수가 없다. 대통령이 바뀌면서 함께 변했다고 한다. 당연하다고 생각했는데, 학교에서 단체로 가던 수학여행이나 현장학습 같은 일정을 진행할 수 없다는 말에 놀랐다. 돈을 걷어야 한다면 부모님과 학교의 동의를 구한 다음, 교육부 허가까지 받아야만 가능했다. 그렇지 않고 학생들에게 돈을 요구한다면 학교가 문을 닫게 될지도 모른다.

A-Level은 등록금을 내야 한다. 우리 학교는 1년에 한국 돈으로 만 원 정도다. 등록금은 학교마다 다른데, 야간 학교나 기술 학교 같은 특수 학교의 경우는 4~5만 원까지 내기도 한다. A-Level을 가지 않고 바로 대학교를 갈 수 있는데, 사립 대학교만 가능하다. 사립 대학은 일 년에 한국 돈

200만 원 정도로 가격이 비싸 대부분 국공립 학교를 선호한다.

또 다른 특징은 O-Level과 A-Level의 개학 시기가 다르다는 것이다. 의무 교육인 O-Level은 1월에 시작해서 12월에 끝이 나지만, A-Level은 7월에 시작해서 6월에 끝난다. 한 마디로 Form4를 졸업하고 7개월 정도 공백이 생기는 것이다. 그 이유는 Form4가 치르는 시험에 있다. 약 2주에 걸쳐서 보는 국가 시험. 결과는 보통 1월 말이나 2월 초에 나온다. 이 점수를 이용해 A-Level에 지원할 학교를 찾아야 한다. 점수에 따라 학교를 선택할 수 있다. 우리나라에서 대학 지원할 때와 비슷하다.

쉬는 기간 동안 학생은 공부한다고 하는데 대부분 돈을 번다. 올 초에 졸업한 한 학생은 학교 식당에서 망고 주스를 팔다가 다른 학교 A-Level로 갔다고 한다. 우리 학교는 좋은 점수를 가진 학생이 들어오는 편이라고 동료 선생님이 귀띔해줬다. 참고로 Form1으로 들어오는 학생들도 평균 A는 받아야 한다고 했다. 하지만 가르쳐 본 Form1 학생들은 오래 쉬어서 그런지 평균 A가 되려면 많은 노력이 필요해 보였다.

한국과 많이 다른 교육 과정
잘 적응해보자.

◆ 우리 학교 정문
세 번째 같은 포즈다. 일하게 되는 학교 앞에서 찍은 사진이다. 어떠한 어려움이나 힘듦도 이겨내
겠다는 각오와 함께.

중요하면서도 기대가 되는 학교,

다른 나라에 비해 진행이 빨랐고 체계적이었다.

교장실에 있는 여러 트로피들이 학교 소개를 대신해주었다. 명문 학교라

는 것을 말이다. 둘러보는데 한쪽에 걸려 있던 사진에 눈이 갔다. 한국 선

생님들과 찍은 사진과 '마테무'라고 교장 선생님 이름이 적혀 있었다. 이곳은 작년에도 한국 교사가 파견된 곳이었다. 우리에게 어떤 기대를 걸진 않을까 부담이 느껴졌다. 교장 선생님과 교무 부장님이 들어왔다. 우리가 어느 학년을 맡게 될 것인지에 대해 설명했다. 학교는 우리의 요구를 최대한 들어주려고 했다. 다양한 학년을 맡고 싶은 나와는 달리 완짱은 한 학년을 맡고 싶어 했다. 우리의 의견이 잘 반영되어 나는 Form1, 2, 5를 맡았고, 완짱은 Form2 수학을 전담키로 했다.

큰 틀만 정하고, 어떤 수업을 하는지와 성적 처리 같은 세부적인 것은 담당 선생님과 따로 정하기로 했다. 회의는 빠르게 끝났다. 나는 일주일에 수업 4개, 총 17시수를 하게 되었다.

Form5반은 PCB와 HGL로 나눠져 있었다. 물리, 화학, 생물을 배우는 반과 역사, 지리, 언어를 배우는 반이다. 한국에서 자연 계열과 인문 계열로 나누는 것과 비슷하다. 반에 따라 General study와 통계 그리고 기본 수학을 교양 과목으로 배운다. 주 과목은 일주일에 평균 10시간, 그리고 나머지 과목으로 채운다. 한국과는 달리 수학은 그리 중요한 과목이 아니다. 완짱이 Form5 수학 수업을 하는데 아이들의 적극적이지 않은 모습 때문에 실망하기도 했다. 대학교에서도 과학과는 한 과목만 배우지 않는다. 최소 2개, 많게는 3개까지 가르치는 것으로 봐서 탄자니아는 과학 과목을 중요하게 여기는 듯했다.

수업과 맡은 학년이 정해지니 마음이 편했다. 누군가는 이제 시작이라며 한숨을 쉴 수 있지만, 무엇을 해야 할지 몰라도 그냥 시간을 보내는 것보다는 할 일이 있고, 그것을 준비하는 게 훨씬 좋았다. 내가 이곳에 있는 이유를 생각하며 마음을 다잡게 되고, 출근할 학교 덕분에 소속감도 생겼다. 모든 것은 몇 번의 미팅도 필요 없이 일사천리로 진행됐다. 단 10분 만에 그리고 한 번에 정해진 점이 마음에 쏙 들었다.

우리 학교는 다레살람에 있는 교육 대학교, 그 안의 부설 중고등학교다. 한 울타리 안에 유치원부터 초등학교, 중고등학교 그리고 대학교까지 있다. 큰 규모다. 대학교에서 가장 높은 위치에 있는 학장님과 인사도 하며 점점 자리를 잡아갔다.

1학년 꿀와Kulwa, 2학년 음투라Mtura, 5학년 이노센트Inocent.

일 년간 함께할 동료 선생님들이다. 이제 다음주 월요일부터 수업을 본격적으로 시작한다. 나름 파견 생활로 익숙해졌다 싶지만 여전히 처음처럼 떨리긴 했다.

시간이 남아 학교를 둘러봤다. 우리 학교는 Form1부터 6까지 2반씩 있다. 한 반에 O-level은 평균 50명, A-level은 30명 정도였다. 창문으로 몰래 본 아이들은 적극적으로 수업을 듣고 있었고, 자는 학생은 보이지 않았다. 선생님이 무서워서 그러는지, 아이들이 에너지가 많은 건지, 모두 열심히 하는 듯했다. 과학실은 3개, 특별활동실이 하나, 컴퓨터실도 하나. 있을 건 다 있었다. 시설적으로도 괜찮았다. 실제로도 창옴베Changombe 학교는 다레살람에서 몇 손가락에 꼽히는 좋은 학교였다.

컴퓨터실 옆에는 레스토랑도 있다. 학생들과 선생님이 끼니를 해결하는 곳이다. 우리 돈 500원이면 배부르게 먹을 수 있다. 마테무는 첫 방문한 우리를 위해서 통 크게 한 턱 쐈다. 삶은 고구마와 감자튀김, 또 다양한 튀김 간식들과 음료수를 사주었다. 그렇게 다해도 한국 돈 이천 원. 이천 원에 멋진 사람이 될 수 있는 곳이었다.

무엇을 해야 할지 어느 정도 정해졌다.
다시 붓펜을 들어보자.

◆ **차려 입은 어느 날**
탄자니아에서 처음이자 마지막으로 넥타이를 맨 날이다. 완짱(왼쪽), 교장 선생님, 학장, 나.

◆ **조회 시간**
아침에 학생들이 조회대를 중심으로 선다. 막 서는 것 같지만 나름의 규칙이 있다. 왼쪽 가장 높은 학년부터 오른쪽으로 낮은 학년이 선다.

탄자니아에서 분필을 들다

◆ 꿀와의 참여 수업
한 주 동안은 수업 참관을 하기로 했다.아이들이 적극적으로 발표하려는 모습이 인상적이다.

◆ 열정적인 이노센트
교실에 빔과 스크린이 있다. 문제를 칠판에서 풀어주고 있다. 높은 수준에도 아이들의 집중력은 높았다.

출근 길
....

한국에선 지옥철,
이곳도 한국과 다르지 않다.
탄자니아는 지옥의 달라달라.

아침 조회는 7시 30분, 우리도 그 시간에 맞춰 출근했다. 출근 길은 복
불복이었다. 나오자 마자 바로 달라를 탈 때도 있고, 30분을 기다려서 탈
때도 있었다. 하루는 달라가 너무 안 와서 근처로 가는 달라를 타서 걸어가
기도 했고, 삐끼삐끼라는 오토바이를 타기도 하며 지각을 피했다. 달라가
와도 한숨이 나온다. 탈 자리가 없어 보여서다. 그래도 어떻게든 비집고 들
어가야 한다. 출근 시간 달라 안은 한국의 퇴근시간 9호선과 다를 게 없다.
사람들을 밀치며 겨우 비집고 탄다. 탔다고 마음 놓을 순 없다. 다음 정거
장에서 다른 사람들도 비집고 탈 때가 문제다. 사람들에 나는 계속 밀린
다. 처음으로 흑인 남자와 가까이 마주보고 오랫동안 서 있는 경험을 했다.
둘 다 시선을 어디다 둬야 할지 몰라 민망해 웃었다. 나보다 키가 큰 사람
이면 위를, 작은 사람이면 아래를 쳐다봤다. 도착해선 컨덕터와 차비 전쟁
을 치르고 내린다. 그러면 대학교 정문이다. 학교까지 걸어야 한다.

나와 완짱은 달라를 한 번 타면 올 수 있다. 그것도 정거장 5개 정도. 학생들 중에는 두 번 갈아타는 경우도 있었다. 그에 비하면 우리는 매우 편안한 출근길이었다. 대학교가 붙어있는 우리 학교는 대학생들과 같이 등교할 때가 있다. 방문객 또는 유학생으로 생각하는 듯 유심히 쳐다본다. 매일 보는 경비원들도 마찬가지다. 한국인이라고 여러 번 이야기했는데도 "치노! 치노!" 하며 중국인을 외친다. 어떤 경비원은 친근하게 다가왔다. 이런저런 이야기를 하다가 갑자기 돈을 요구했다. 황당해서 대답도 안 하고 가버렸다. 이렇게 황당한 출근길도 있었다.

종종 학교까지 걸어가다 보면 지각할까 뛰어가는 학생들을 본다. 그 학생들 얼굴은 분명히 뛰는 표정인데 걸어가는 나와 속도 차이가 없다. 교문 앞에는 선도부와 학생부 선생님이 지각생들을 잡는다. 잡힌 학생들은 수업 시작 전까지, 어떤 날은 수업이 시작돼도 청소를 하거나 벌을 받는다. 무릎 꿇고 앉아있거나 심지어 맞을 때도 있었다.

그 사이 다른 학생들은 조회대를 중심으로 'ㄷ'자 모양을 만들어 선다. '아~프리~카~'로 시작하는 탄자니아 국가를 부르면서 아침 조회는 시작된다. 한 편의 공연을 보는 것처럼 학생들 화음에 잠시 빠져들기도 한다. 교장 선생님이 하루 일정이나 특별한 공지 사항을 이야기를 하고 나서야 학생들은 수업 받으러 돌아간다.

탄자니아에서 7월은 겨울이다. 마냥 춥기보다는 선선한 편이다. 마치 한국 초가을 날씨와 비슷했다. 내가 제일 좋아하는 날씨다. 아침 공기는 더 차가워지는데 그 공기가 움직이며 만들어내는 바람을 맞으면 기분이 상쾌해진다.

'수업하기 딱 좋은 날씨다!'

◆ 슝슝
어느 기분 좋은 출근 길이다. 날씨가 한몫했다. 이런 기분 간직하고 싶어 사진을 남겨보았다.

첫 수업

　탄자니아는 세 번째로 오는 나라다. 긴장은 여전했지만 이번엔 여유가 있었다. 스와지와 브라질에서 처음 교실 앞에 섰을 때, 나는 어디서 온 누구고, 앞으로 무엇을 가르치겠다는 말만 하고 바로 수업했다. 그런데 여기서는 왠지 모르게 웃음이 먼저 나왔다.

　"여러분, 얼굴을 보니 반갑습니다. 모두 즐거워 보이고 행복해 보여서 좋습니다. 저는 12월 달까지 있습니다. 그때까지 우리 좋은 추억 만들었으면 합니다"
　내가 이런 말을 할 줄 몰랐다. 놀라웠다. 단지 어떤 뻔한 이야기를 하고 싶지도 않았고, 딱딱하게 지내고 싶지 않은 마음이었다. 돌이켜 생각해보니 3년 정도 파견 생활에 여유가 생겼던 것 같다.
　학생들에게 구호를 하나 가르쳐 줬다.

　"Don't be afraid, Have a confidence!"
　(두려워하지 마, 자신감을 가져!)

적당한 박자에 박수를 치면서 외쳤다. "돈 비 어프레이드, 헤버 컨피던스!"를 두 번 외치고 수업을 시작했다. 한동안은 곧잘 따라 하더니 흥미를 잃은 건지 소리를 내지 않는 학생도 생겼다. 그 구호는 수업 중에도 불려졌다. 질문에 학생들이 대답할 때 소리가 너무 작아 알아듣지 못하면 어김없이 박수를 쳤다. 그 박자의 박수가 익숙해진 다른 학생들이 따라 하며 외쳤다. "돈 비 어프레이드 헤버 컨피던스!" 그리고 "스픽 라우들리!"를 외치면 대답하는 학생의 목소리도 덩달아 커졌다.

그 구호는 학생뿐 아니라 나 스스로에게 하는 말이기도 했다.
진도에 대한 압박, 수업 질에 대한 강박, 아이들 집중에 대한 스트레스를 받지 말자고, 되는대로 하고, 있을 때 최선을 다하자고.

두려워 말고, 자신감 갖고!

탄자니아에서 분필을 들다

◆ 첫 수업

수업을 끝내고 분필을 내려 놓기 직전이다. 괜히 남기고 싶은 마음에 부탁해서 찍은 사진.

◆ 저요 저요

"수업 재밌는 사람?" 하고 물어봤다고 하고 싶지만, 실상은 "사진 찍을 테니 손 한 번 들어볼래?"

아이들
....

◆ It's that 밤
Form2A, 장난꾸러기 벤자민. 분명 연습 문제를 칠판
에 적어줬는데 "넌 왜 여기 있니? 일로 와 봐!"

"어느 나라든 아이들은 옳다"라는 말이 있다.

진짜다! 아이들은 옳다. 사랑스럽다. 때로는 실망스럽고 화가 나더라도
순수한 아이들 모습에 다시 웃음이 난다. 어릴수록 좋다. 학년이 올라갈수
록 원하는 것들이 많아져 의심스러워진다. 물론 다는 아니지만!

탄자니아에서 분필을 들다

탄자니아 아이들도 어느 곳처럼 사랑스러웠다. 교실뿐 아니라 밖에서도 함께하는 시간이 많아질수록 서로 가까워져 갔다. 숙제도 대부분 잘해왔고, 노력하는 모습이 보였다. 덕분에 숙제도 많이 내주고, 노트 검사도 많이 하게 됐다. 그렇게 아이들과 부딪히는 시간이 늘어나다 보니 감동 받을 때도, 반대로 실망할 때도 잦았다. 숙제를 성실히 해오는 학생들은 예쁘게 보이고 더 가르치고 싶은 생각도 들면서, 동시에 그렇지 않은 학생들은 어떻게 지도해야 할지 고민이 생겼다. 숙제를 해올 때까지 검사하고 세 번째 안 해오면 학생부장에게 명단을 넘겼다. 그 학생들은 주변 청소를 하게 됐다.

처음 배우는 개념들은 많은 연습이 필요해 보였다. 칠판에 적으면서 문득 학생들이 모두 이해하기를 바라는 것은 위험한 욕심이라는 생각이 들었다. 40분 정도가 한 수업이었던 다른 나라들과는 달리, 탄자니아는 1시간 20분이라 시간적으로 여유가 있었다. 수업을 조금 일찍 끝내고 시간을 만들었다. 그 시간에 어떤 학생들은 못다한 필기를 하거나 다른 친구들에게 설명해주기도 하고, 다른 친구들 앞에서 풀어 보거나 힐끔 눈치 보면서 놀기도 했다.

질문이 없을 땐 학생들 모습을 카메라에 담아 보았다. 아이들이 예뻐서 그런지 렌즈를 통해서 바라본 아이들 모습은 어느 전시회에서 보는 작품 같았다.

"사진 왜 찍어요?"

한 학생이 물었다. 흠칫했다. 좋은 느낌은 아니었던 같다. 사진이 부담스러울 수 있다. 잠시 멈추고 학생들에게 말했다.

"사진은 추억이다. 다시 돌아오지 않을 이 순간을 영원히 기억할 수 있다. 학창 시절 모습이 많으면 좋은 거 아니겠니? 너희의 추억을 만들어주겠다"며 스와지와 브라질에서 간추린 추억을 보여줬다. 아이들은 호기심 가득했다.

너희들에게도 예쁜 추억 만들어 줄게!

◆ 우와!
스와질란드와 브라질 추억을 화면으로 보고 있다.

◆ 잘 들어봐
알파(왼쪽 두 번째)가 친구들을 이해시키고 있다. 가끔은 친구한테 배우는 것이 이해가 빠르다.

◆ 흐음

오늘 잘 배웠나 확인해 보고 있다. 아마니(왼쪽)는 막힘 없이 써내려 갔지만, 모하메드(오른쪽)는 오랫동안 그대로 서 있었다.

◆ 다 적어야 하는데

야외 수업하는 날, 나가기 직전이다. 다 적어야 나갈 수 있다고 하니 집중해서 적고 있는 중이다.

◆ 뭐 할래?

두 사람이 짝지어서 아이디어를 적고 있다. 많이 적어 내는 팀이 1등이다.

◆ 이해 됐어?

이해 안 되는 개념을 친구가 설명해 주고 있다. 하지만 이해가 잘 안 되는 표정이다.

◆ 필기하는 학생들

칠판에는 연습 문제가 적혀있고, 풀면 자유 시간을 주기로 했다. 이날 아이들의 집중도는 최고였다.

◆ 킥킥킥킥

서로 얼굴만 봐도 웃음이 난다고 적고 싶지만, 실상은 카메라를 들이대니 민망해서 웃고 있다.

탄자니아에서 분필을 들다

◆ 친구와 한 컷
사진 찍는 걸 좋아하는 벤자민(오른쪽)과 졸린 척하는 아부(왼쪽), 벤자민 눈빛 그리고 표정과 아
부 표정이 조화롭다.

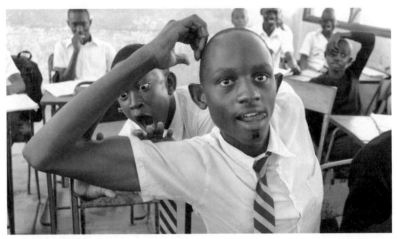

◆ 장난치는 아이들
카메라를 빌려주고 나중에 확인하면 이런 멋진 사진들이 남아있다. 알통을 자랑하는 하루나와 놀
라는 옹고로카.

◆ 저건 뭐야
수업이 끝나고 연습 문제를 보고 고민하는 학생들.

◆ 우리 모두 한 컷
수업 끝나고 혼자 사진 찍던 나를 보고 한 학생이 말했다. "우리도 같이 찍어요" 그리고 찍은 단체 사진.

탄자니아에서 분필을 들다

교무 회의

◆ **열정적인 교무실**
수업 계획서를 어떻게 작성하는지 한 선생님이 대표로 설명하고 있다.

보통 금요일 점심시간 정도에 회의를 한다.

이번 회의에 참석해 달라고 특별한 요청을 받았다. 이번 주제는 '학생들의 성적을 어떻게 높일 것인가'다. 탄자니아 학교는 국가 시험으로 학교 순위를 매긴다. 학교 순위에 따라 들어오는 학생들의 수가 달라진다. 학생들은 집 앞에 있는 학교보다 유명한 학교에서 공부하고 싶어한다. 그래서 학생들은 달라를 두 번 타고 오기도 했고, 새벽 5시에 일어나서 걸어오기도 했다. 학교 입장에선 국가 시험 점수와 학교 등급이 중요하다.

회의에 참여한 선생님들의 태도는 사뭇 진지했다. 학생들을 잘 가르치고 싶어하는 마음은 있는데 도통 집중을 하지 않는다고 했다. 외국인들이 수업하면 진지하고 재밌게 듣는 것에 비해 자기들이 수업할 때는 태도가 많이 다르다고 했고, 또 다른 선생님은 체벌하거나 숙제를 내는 등 노력한다고 말했다. 선생님들은 학생들이 공부하지 않아서 성적이 나쁘다고 입을 모았다.

갑자기 교장 선생님 마테무가 한국은 어떤지를 물었다. 한국도 똑같지 않는가? 한국뿐 아니라 스와질란드 또 브라질도 마찬가지다. 공부 잘하는 학생이 있고 못하는 학생도 있다. 단지 비율의 차이였다. 어디에는 공부 잘하고 열심히 하려는 학생이 많고, 어떤 곳에는 공부에 흥미 없는 학생이 많은 것처럼 말이다. 하지만 내가 경험한 학교에서는 공부를 못하는 학생들, 흥미 없는 학생들에게 점수가 나오지 않는다거나 또 숙제를 해오지 않는다고 먼저 체벌하지는 않았다. 체벌보다는 상담을 통해 동기부여를 하려고 했다. 왜 공부를 해야 하는지 알게 하고 스스로가 필요하다고 느낀다면 하지 말라고도 하기 때문이다. 탄자니아에 온 지 얼마 안 돼서 잘 모르지만, 이곳은 학생들에게 어떻게 동기를 부여하는지 궁금해졌다.

학생들 대부분이 마지 못해서, 부모님이 가라고 하니까 다니는 것처럼 보였다. 심지어 음악을 하겠다며 오지 않은 학생도 있었고, 다른 다양한 이유로 결석이 많았다.

내가 대학교를 졸업하고 알게 된 것이 하나 있다. 좋다고 소문난 학교라도 억지로 학교를 다니면 삼류 학교가 되고, 좋지 않다고 소문난 학교라도 내가 열심히 하면서 다니는 학교는 일류 학교가 된다는 것이었다. 일류 학교, 삼류 학교는 스스로가 만드는 것이기 때문에 학교의 이름이나 위치가 중요하지 않았다. 이런 것을 학생들이 학교 다닐 때 알았으면 했다.

이번 회의는 특별한 대책이 없이 끝난 것처럼 보였다. 공부하기 싫어하는 학생들을 억지로 공부시킬 수는 없고, 공부를 못하는 학생을 공부시키더라도 전체 성적을 향상시키는 데는 분명 한계가 있을 것이다. 그래도 선생님들이 머리를 맞대서 의논하는 것은 큰 의미가 있어 보였다.

Chang'ombe demonstrate secondary school, 이곳의 미래는 밝았다.

◆ 심각해
회의 진행하는 마테무 교장 선생님, 학생들의 저조한 성적으로 심각해보인다.

◆ 머리를 맞대보자
학생들 성적 향상을 위해 선생님들이 머리를 맞대고 회의하고 있다.

탄자니아에서 분필을 들다

대사님 방문

◆ 대사님과 사진 한 장

대한민국 대사님이 우리 학교를 방문하셨다. 대사님은 외교부 소속이고, 우리는 교육부 소속이라 신경을 안 써도 되는데, 학교에서 한인 교사 위치를 높여 주기 위해 멋진 발걸음을 해주셨다.

아쉽게도 탄자니아 사람들은 자기와 직접적으로 상관없는 사람에게는 적당하게 예의를 차린다. 실제로 대사님이 오셨는데도 교장 선생님이 보이지 않아 파견 교사들이 민망한 상황도 여럿 있었다고 한다. 그런 상황을 만들지 않기 위해 몇 번이나 교장 선생님을 찾아가 이 시간에는 꼭 학교에 있어야 한다고 당부했다.

교장 선생님은 미팅 중이었다. 일분일초가 급한데, 5분 뒤에 도착한다고 문자가 왔는데도 교장 선생님의 미팅은 끝날 기미가 안 보였다. 발을 동동 거리며 기다렸다. 정문을 통과했다는 메시지다. 다급했다. 대사관 차가 보이기 시작했다. 눈앞에 차가 멈췄다. 안되겠다 싶어 들어가서 이야기하려던 순간, 교장실 문이 열렸다. 미팅이 끝나고 사람들이 나왔다. 절호의 타이밍이었다. 그 사람들을 보내고 나니 마치 교장 선생님이 밖으로 나와서 기다린 것처럼 보였다. 대사님을 밖에서 기다리게 하는 민망한 상황이 생기지 않아 다행이었다.

무사히 교장 선생님과 미팅을 마치고 완짱이 수업하는 교실로 갔다. 퀴즈를 맞추면 선물을 받을 수 있었기에 그 학생들은 운이 좋았다. 한국 부채와 딱 봐도 비싸 보이는 축구공이 선물로 준비되었다. 깜짝 퀴즈를 시작했다.

"교장 선생님 이름이 무엇일까?"
"교감 선생님 이름이 무엇일까?"
"한국인 선생님 이름은 무엇일까?"
"대통령 이름이 무엇일까?"

아이들이 가장 궁금해 했던 마지막 질문은,

"교육부 장관 이름이 무엇일까?"다.

대사님 철학이 느껴졌다. 선물은 줄 땐 주더라도 괜찮은 학생에게 주고 싶으셨을 거다. 그런 학생을 어떻게 찾아야 하는지가 관건인데, 그 기준은 학교와 교육에 관심이 있는 학생이었다. 관심 없는 학생은 교장 선생님 이름도 모른다. 나도 학교 다닐 때는 잘 몰랐던 것 같다. 교육부 장관은 그 분야에 대해 정말 관심이 없으면 알 수가 없다. 마지막 질문을 듣고 자신 있게 손을 드는 학생은 많이 없었다. 다섯 명 정도나 되었을까? 첫 번째 학생이 틀리고 다음 학생이 맞췄다. 어떻게 그 이름을 알고 있는지 신기할 뿐이었다. 최고 상품, 축구공의 주인공이 될 자격은 충분했다.

모두들 불평은 없었다. 인정하고 축하하는 박수를 보냈다. 대사님의 간단하면서도 깊은 질문을 보며 많은 생각을 하게 됐다. 그냥 와서 사진 찍는 형식적인 행사가 아니었다. 학생들에게 질문을 들은 그 순간은 교장 선생님부터 한 과목 선생님, 게다가 교육부 장관까지 생각하게 하고, 자기 나라에 대해 관심을 갖게 되는 시간이었다. 혹시 모를 다음 기회를 기약하며 찾아보는 학생도 생겼을 것이다.

선물 주는 짧은 시간이 아닌,
의미 있는 오랜 시간이 되었다.

◆ 저요! 저요!
선물을 주는 퀴즈에 너도나도 손을 들고 있다. 그런데 너네 답은 알고 손을 드는 거지?

◆ 축구공 소년
보통 사람은 알기 힘든 것을 알고 있던 압둘바싯. 축구공 주인공이다. 이 학생의 미래가 기대된다.

탄자니아에서 분필을 들다

쉬는 시간
. . . .

◆ 아무지게 먹어야지
칠리 소스를 간식 위에 심각하게 뿌리고 있다. 한두 번 돌리는 게 아니다. 그냥 들이붓고 있다.

하루에 한 번뿐인 쉬는 시간.

수업 사이에는 준비 시간이 없다. 네 번의 수업 동안 참아야 한다. 스와지와 브라질에서 그랬던 것처럼 말이다. 1교시부터 4교시, 5교시부터 8교시까지 한 번에 진행됐다. 한 수업에 40분씩이다. 보통은 한 과목에 두 개의 수업 시간이 묶여 있다. 그래서 한 번 들어갈 때마다 80분, 1시간 20분

동안 수업해야 한다. 내가 대학생 시절에 들었던 수업 시간과 같다.

두 수업을 한꺼번에 하면 조금 힘들기는 하지만 참을 만하다. 가끔 네 수업을 한 번에 하는 날이 있다. 그날은 목소리가 갈라진다. 쉬는 시간 끼고 여섯 수업, 그 이상 수업을 하는 날도 있다. 이 하루는 지친다. 집에 오면 소파와 한몸이 되어 버린다. 나는 이런 날이 가끔이었지만 학생들은 매일이었다. 원칙상 화장실도 갈 수 없다. 그러나 아프리카 시간에 맞춰 들어오는 선생님 덕에 틈틈이 가기도 한다.

이런 아이들에게 쉬는 시간은 목마른 중에 발견한 오아시스와 같은 존재다. 그 시간만 기다린다. 쉬는 시간 바로 전 수업 끝날 때쯤에는 재밌는 모습이 보인다. 종 치기 오분 전부터 학생들이 앉아있는 자세가 바뀐다. 발이 문 쪽으로 향해 있고 달릴 준비를 한다. 그런 모습이 자기들도 웃긴지 얼굴에 웃음을 머금고 있다. "수업 끝!" 하면, "땡큐" 외치며 교실을 뛰쳐나간다. 수업이 일찍 끝나도 종칠 때까지 기다려야 한다. 빨리 나갔다가 다른 선생님들한테 걸리면 혼나기 때문이다. 쉬는 시간에 식당은 전쟁 중에 음식을 구하려는 사람처럼 몰린다. 여기저기서 돈을 들고 내 손에 음식을 달라며 소리를 낸다.

"삼부사 하나, 만다지 둘, 여기 돈이요!"

먼저 갈수록 유리하기 때문에 배고픈 학생들은 빨리 가려고 한다. 선생님은 프리패스다. 딱히 이유는 없다. 선생님을 우대해줬다. 아이들이 붐비는 틈에서 선생님이 보이면 다다는 선생님께 먼저 준다. 모두들 다 이해하는 눈치였는데 괜히 새치기를 하는 것 같아 미안한 마음이 들었다. 이런 눈치를 보지 않고 갓 만든 음식을 편하게 먹고 싶다면, 쉬는 시간 전에 와야 했다.

매일 간식을 주문하고 나는 교장실에 들렀다. 교장실에는 커피가 준비되어 있었다. 'Africafe'라는 커피 한 잔과 함께 바삭한 간식을 먹으면 한국에 어느 분위기 좋은 카페에 온 듯한 여유로움을 느낄 수 있었다.

학기 초에는 학교에서 점심을 먹었다. 삶은 콩과 밥, 야채를 먹으면 든든하기도 했다. 저렴하면서도 편해서 자주 애용했다. 그러던 어느 날, 언제는 배가 이상했다. 설사도 하고 속이 좋지 않았다. 먹었던 점심이 의심스러웠다. 수저를 씻을 때 고인 물에 한 번 헹궈 주던 것이 떠올랐다. 그날따라 찜찜해 보였는데 별일 없겠거니 하고 늘 먹던 것처럼 먹은 것이 화근인 것 같았다. 의심은 확신으로 변했고, 그날 이후로는 집에서 먹거나 도시락을 싸오기도 했다.

종종 밖에서 간식을 먹을 때, 다다가 왜 요즘은 밥을 먹지 않냐고 묻기도 했고, 학생들은 나눠 먹자며 손에 든 간식을 내밀었다. 거절할 때마다 미안했다. 이때 배탈 사건은 좋은 핑계가 되었다. 나에겐 음식이 잘 맞지 않는 것 같다며 못 먹겠다고 하면 서운해 하지 않았고 나도 미안하지 않았다. 가끔 다다는 신메뉴로 나를 유혹하기도 했고, 아이들이 먹는 것을 보면 여러 소스에 잘 버무려져 맛있어 보이기도 했지만 손이 가지는 않았다. 서로에게 맞는 음식을 입에 넣고 씹으며 대화를 했다.

"맛있니?"
"네"
"많이 먹고 공부 열심히 하렴."

기승전'열공', 전쟁통 같은 쉬는 시간이 지나갔다.

◆ **이 콩밥**
한동안 자주 먹었던 콩밥. 접시? 야채? 수저? 무엇 때문이었을까?

◆ **지글지글**
학교에서는 간식 시간 준비가 한창이다. 대부분은 튀김이다. 감자, 고구마, 밀가루. 탄자니아 학생들은 말한다. 튀김은 진리라고.

◆ 준비 중

점심 시간을 위해서, 밥을 찾는 손님들을 위해서 밥을 짓고 있다. 저 밥은 안 먹어봐도 맛있을 것이다. 왜냐하면 웃고 있으니까.

◆ 여기요

선불제다. 돈을 내야만 간식을 받을 수 있다. 늦게 와도 돈만 먼저 낸다면 간식은 먼저 받을 수 있다. 빨리 받을 수 있는 기회!

퇴근 길

◆ **나도 손 만질래**
돈이나 먹을 걸 주는 것도 아닌데 내 손을 만지기 위해 멀리서도 뛰어온다. 아이들 표정을 보면 정말 해맑다. 보고만 있어도 기분이 좋아질 만큼!

"치나!(중국인)"

맑고 청아한 목소리가 들린다.

집에 갈 때는 초등학교와 유치원을 지나야 한다. 퇴근 시간과 초등학교 하교 시간이 맞을 때 나는 피리 부는 사나이가 된다. 어느 한 명과 인사하고 있으면 그걸 보는 다른 학생이 달려오고, 그렇게 인사하다 보면 어느새 나는 둘러싸여 있다. 축구하던 아이들과 청소하던 아이들 모두 하던 일을 멈추고 소리를 지르며 달려온다. 나를 만지기 위해서 말이다. 내가 뭐라고 이러는지, 미안하고 고마운 마음에 더 격하게 반응해주었다.

'치나'라고 하는 아이들에게 '코리아'를 가르쳐주었다. 그럼 아이들이 따라 한다.

"꼬리아! 꼬리아!"

또 '니하오'라고 하는 아이들에겐 '안녕'을 가르쳤다. 그럼 또 아이들은 따라 한다.

"안녕, 안녕!"

이런 아이들이 어떻게 안 귀여울 수 있을까? 어떤 아이들은 이름을 물어본다. 태수라고 말하면 "태수 태수"거린다. 집에 가는 나를 붙잡고 또 물어본다. "엄마 이름이 뭐에요?" 그 옆 아이는 "아빠 이름이 뭐에요?" 질문이 너무 재밌다. 가르쳐 주면서도 내가 왜 이걸 가르쳐주고 있을까 생각하니 웃음이 나왔다. 계속해서 말을 거는 모습에 문득 한 장면이 떠올랐다. 어릴 적 관심 있는 사람에게 했던 행동, 그 행동과 비슷했다. 아이들은 나에게 관심이 있고 친해지고 싶었던 것 같다. 앞으로 더욱 성실하게 잘 대답해주기로 다짐했다.

초등학교를 빠져나가도 끝이 아니다. 끝판 왕, 유치원이 남아있다. 아무것도 모른 채 "치나!" 하고 말한다. 똑같이 '코리아'를 가르쳐줬다. 초등학생은 일주일 만에 고쳐졌다면 유치원생들은 한 달 정도 걸렸다. '코리아'라고 하는 아이들에겐 엄지손가락을 들며 머리를 쓰다듬어줬다. 가끔 기분이 좋을 땐 안아주고 비행기도 태워주기도 했다. 아이들은 몰려들고 "미미, 미미(나도)" 하고 외치며 팔을 벌린 채로 서 있다. 적당히 하고 가야 한다. 그렇지 않으면 땀에 흠뻑 젖게 된다. 유치원 아이들도 은근히 무겁다.

아이들을 보며 주먹을 내민다. 그럼 주먹을 친다. 탄자니아식 인사다. 언제부턴가 나와 마주치는 초등학생과 유치원 아이들은 '코리아'를 외치며 주먹을 내민다. 이제는 내가 쳐준다. 멀리서 놀다가도 담장으로 달려와 손을 내밀고 잡아달라고 외치는 아이들 덕분에 즐거웠다.

여느 날처럼 한 아이가 멀리서 달려오고 있었다. 여기까지 오는데 조금 걸릴 거 같았지만 기다려주었다. 평소처럼 손을 쳐달라고 할 줄 알았는데 갑자기 안겼다. 키가 작아 내 허벅지에도 겨우 오는 꼬마가 다리를 안았다. 아빠가 출근할 때 '아빠 가지마' 하고 다리를 꽉 잡는 것 같았다. 뭉클했다. 함께 정문까지 걸어갔다. 그 아이는 내 새끼손가락을 작은 손으로 잡고 있었다. 그 뒤로 다른 아이들도 따라왔고, 팔이나 다른 손을 잡았다. 언뜻 본 아이들 표정은 큰 전쟁에서 승리한 듯한 당당함이 느껴졌다. 아이들의 마음을 느끼는 데는 언어가 중요하지 않았다.

"길을 비켜라!"

그들에게 나는 연예인이었다. 연예인과 손을 잡고 걷는다는 것은 엄청난 자랑거리가 생기는 것이니 그런 표정이 나오는 것 같다. 비록 연예인은 아니지만 내 손이 아이들 기분에 도움이 된다면 무엇이 중요할까. 우리의 걸음은 힘찼다.

언젠가 아이가 생기면 자주 손잡고 걸어야겠다.

그땐 얼마나 행복할까!

탄자니아에서 분필을 들다

◆ 가만히 좀 있어!

우리 학교 바로 옆에 있는 초등학교다. 귀여운 모습에 카메라를 꺼내 들면 우르르 몰려든다. 그래 같이 찍자, 움직이지 좀 마!

◆ 헤헤헤

울타리에서 인사하던 귀여운 유치원 아이들. 내가 지나가면 달려와서 울타리에 매달린다. 저 구멍 사이로 손 내밀고 만져 달라고 한다. 오늘은 사진 찍자!

◆ 일로 와

주먹을 내밀면 달려오고 그리고 맞댄다. 쿵!

◆ 초딩들의 포즈 자랑

"아뵤! 아뵤!" 어디서 봤는지 손을 이리저리 흔들며 무술하는 사람을 흉내내고 있다.

탄자니아에서 분필을 들다

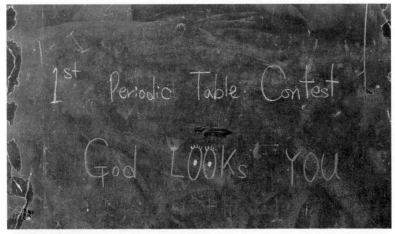

◆ **제 1회 주기율표 대회**
처음 열어보는 이벤트다. 알록달록 색분필로 꾸며보았다.

연인들에겐 화이트 데이!

수학 시간엔 파이 데이!

화학 시간엔 주기율표 데이!

3.141592…라는 무한 소수, 파이라고 부른다. 3.14 이하 숫자는 규칙이 없

다. 종종 한국에서는 그런 숫자를 누가 많이 외우나 하는 파이 데이라는 이벤트를 열기도 한다. 완짱은 창옴베에서 열어 보기로 했다. 수학 시간에 파이 데이 이벤트가 열린다고 소문이 자자하던 무렵, 어떤 학생이 화학 시간에는 뭐 없냐고 했다. 그 물음에 '주기율표 데이'라는 깜짝 이벤트가 탄생했다. 누가 원소 기호를 더 많이 외우는지 자랑하는 대회. 제 1회 주기율표 콘테스트다.

 그 어디서도 해보지 않은 원소 기호 많이 쓰기 대회. 얼마나 많은 학생들이 관심 있게 참여할지 기대가 되기도 했다. 나도 대학생 때 60개 정도 외운 게 다였다. 다 외울 필요도 없고 많기도 했기에 충분하다고 하는 정도만 외웠다. 과연 학생들은 얼마나 외울 수 있을까?

 Form5는 강제로 참여를 시키고, 그보다 어린 Form2는 원하는 참가자를 받았다. Form1은 너무 어리고 아직 원소 기호에 대해 배우지 않아 다음에 참여하라고 했다. 강제로 참여시킨 Form5반은 빈칸으로 내는 대부분의 학생들 사이로 제법 쓰는 학생이 조금 있었다. 반대로 희망자만 있던 Form2반 학생들은 대부분 가득 채웠다. 적게는 80개부터 빈칸을 찾기 힘들 정도로 말이다. 놀랐다. 저학년이 더 많이 쓰다니…. 동시에 자발적으로 하는 공부가 결과가 좋다는 것도 다시금 느꼈다.

 채점은 쉬웠다. 빈칸이 보이는 것들을 빼고 나니 다섯 장 정도가 눈에 띄었다. 이제는 정밀 채점이다. 1번부터 118번까지 하나하나 보면서 스펠링

틀린 것이 없나, 소문자를 써야 하는데 대문자를 쓴 것이 없는지를 검사했다. 그렇게 해서 1등은 총 118개 원소 중에서 113개로 From2, 2등은 111개로 Form5, 3등은 110개로 Form2에서 나왔다. 수상자들에게 순위는 의미가 없었다. 다 외웠는데 철자가 틀리는 실수였다.

총 참가 인원 100명. 평균 80~90개, 학생들 모두가 대단했다. 고마웠다. 갑작스런 대회에도 오히려 반가워하며 준비하던 학생들에게 감동도 받았다. 학교 이름으로 상장을 만들어 전교생이 보는 앞에서 시상했다. 나도 처음 본 36색 연필 세트가 부상이었다. 멋진 상장, 좋아 보이는 상품에도 아이들은 별로 좋아하지 않는 것처럼 보였다. '상이 별론가? 상품이 별론가?' 하는 생각이 들 정도로 무뚝뚝한 표정이었다. 나중에 물어보니 집에서도 칭찬을 많이 받았고 색깔 연필은 아까워 책상 서랍에 숨겨놨다고 했다. 그 학생은 덤덤했던 표정이 아닌 위풍 당당했던 표정이었다.

깜짝 주기율표 대회, 많은 것을 생각하게 했다. 늘 참석하기만 했던 대회에서 처음으로 열어본 대회. 또 늘 받기만 했던 상장에서 처음으로 상장을 주게 되니 전에는 느껴보지 못했던 새로운 느낌이었다.

이날 이후로 모든 대회를 다시 보게 되었다.
의미 없는 대회와 상장은 없었다.

◆ 하나씩

서두르지 말고 하나씩 하나씩!

◆ 입술 꽉

까먹기 전에 빨리 적자. 좋아 좋아 아직까진 기억난다.

탄자니아에서 분필을 들다

◆ 영광의 상장

상장을 받을 때, 아이들은 새침했다. 기뻐하며 신나게 받을 줄 알았는데…. 하긴 나도 어릴 적에 전교생 앞에 섰을 땐 위풍당당했지!

◆ 축하해요

조회 시간에 주기율표대회 시상. 축하하고 모두들 수고했어요.

◆ **분단반**
누가 말도 안 했는데 남녀 따로 분리됐다. 이 나라 사회 분위기를 그대로 엿볼 수 있는 사진이다.

일 년에 한 번 있을까 말까 한 수업,

"모두 다 나가자!"

Form1 응급 처치에 대한 단원이다. 공책에 백 번 적는 것보다 한 번 실습하는 게 나은 수업이다. 응급 처치 종류에 대해서 간단하게 설명하고 모두 밖으로 나가자고 했다. 밖에 나온 아이들은 신났다. 그동안 야외 수업하는 선생님을 거의 보지 못했다. 쉬는 시간 없이 앉아 있는 학생들은 힘들기도 하고 답답했을 것이다. 아프리카 학생들은 몸에 흥이 있다. 에너지가 넘친다. 평소에 대답도 오버하는 것처럼 느껴질 정도로 말이다. 그 에너지는 풀어줘야 한다. 때로는 노래로, 때로는 오늘처럼 야외 수업으로.

"여기 줄 서보렴!"

에너지가 넘치는 아이들은 줄 서는 데도 오래 걸린다. 결국 한 명씩 세워놓고 움직이지 말라고 하다 보면 10분이 금방 지나간다. 오늘 주제는 의식이 있을 때와 없을 때 응급 처치 방법이다. 때마침 한국에서도 중학생이 심폐 소생술을 통해 생명을 구했다는 뉴스가 나올 때기도 했다. 이 수업은 어느 때보다 더 신경이 쓰였다. 제대로 가르쳐야겠다는 사명감에 가슴이 뜨거워졌다.

이슬람 문화에 남녀가 짝지어지면 곤란하다. 때문에 줄 세우는 것부터 신경이 쓰였지만 학생들은 익숙한 듯 알아서 나눠졌다. 목에 걸린 음식을 빼낼 때 도와주는 방법, 그리고 의식을 잃고 숨을 쉬지 않는 사람에게 인공호흡 하는 과정을 자세하게 설명해주었다. 아이들은 역시 아이들이다. 인공호흡을 보여줄 때 부끄러운지 소리를 질렀다. 'Mouth-to-Mouth' 다른 사람의 날숨을 통해 막힌 기도를 뚫는 방법, 심장을 뛰게 하기 위해 규칙적으로 가슴을 압박하는 것이 사춘기 아이들에겐 부끄러움으로 다가왔나 보다. 하지만 대충 넘어갈 순 없었다. 장난치거나 하는 척하는 학생들을 붙잡아 끝까지 확인을 받았다. 생명을 구하는 수업이기 때문에 더 엄격했다. 큰 소리가 나고 벌도 받으면서 야외 수업은 계속되었다.

안 쓰면 좋겠지만,
써야 할 때 모르면 안 되는 방법.
밖으로 나오는 건 쉬웠지만 들어가는 건 어려웠다.

탄자니아에서 분필을 들다

◆ 잘봐!
한 아이가 자진했던 환자 역할, 또 그 환자를 도와주는 역할을 맡은 학생이 친구들에게 시범을 보이고 있다.

◆ 이렇게요?
어떻게 하는지 몰라 자꾸만 묻는다. 거기가 아니라 좀 더 아래쪽을 잡아야지!

◆ 으윽! 살려줘!
환자 역할을 하는 사람도 완벽하게 연기를 하라고 했는데 오른쪽에서 두 번째 환자 역할을 보고
깜짝 놀랐다. 진짜로 숨쉬기 힘든 것 같은 살아있는 표정. 연기를 해보는 것이 어떠니?

◆ 까르르
아이들 표정이 재밌다. 손의 위치도 제각각이지만 아이들 표정만큼은 완벽하다. 실제로는 웃지 말
고 진지하게!

탄자니아에서 분필을 들다

붙잡지 마

◆ 문제의 늪
지나가는 나를 붙잡아 다른 과목을 질문한다. 문제의 늪에 빠져 있다. 계속해서 다른 질문들을 가져온다. 상관도 없는.

"Sir!"

"What?"

집에 가려는데 뒤에서 누가 부른다. 돌아보니 한 학생이 공책을 들고 서 있었다. '금방 끝나겠지'라는 생각에 문제를 읽었다. 그때는 아이들이 만든 늪에 빠진 걸 몰랐다. 지나가던 아이들도 발걸음을 돌려 반에서 공책을 가져오기도 하고, 교실 안에서 공부하던 아이들이 나오기도 했다. 그리곤 마치 전쟁터에서 한 곳을 집중 포격을 하듯, 공책을 들이밀었다. 보통 가지고 오는 문제들은 간단한 계산들이 아닌, 설명이 많이 필요한 개념들이다. 이해를 이끌어 내기 위해서는 전 수업, 그전 수업, 심지어 전 학년 과정을 요약 설명을 해야 할 때가 있다. 그러다 보니 시간이 오래 걸렸다. 이런 문제가 생기는 원인을 두 가지로 생각했다.

먼저는, 학생들 모두 학업성취도가 다른 것에 있었다. 대개 그 나라의 교육 과정이 있고, 그 과정대로 수업을 받았으면 당연히 알아야 하는 내용들이 있지만 이곳은 달랐다. 선생님과 가정 환경들에 따라서 받게 되는 교육 수준이 달라진다. 선생님이 그 해에 바빠서 또 개인적인 사정 때문에 그 학년이 배워야 할 것을 놓칠 수 있다. 그런 상태로 다음 학년이 되면 배우지 못한 것들이 누적이 되어 문제는 심각해진다. 예를 들어 화학 반응식에 관한 질문을 하는 학생들은 원소에서부터 다시 설명을 해야 하는 식이다.

또 다른 문제는, 나와는 배운 방법이 다른 것이다. 특히 수학 과목에서 두드러지게 나타나는데, 곱셈하는 것을 모두 더하기로 바꿔서 계산을 하거나 최소공배수도 덧셈을 이용해 구하는 것처럼 한국과 방법이 다르다. 과학도 예외는 아니었다. 한국에서 다루지 않는 개념들을 다루기도 했다. 대학교 1~2학년 수준이 고등학교 과정에 포함되어 있거나 한국에서 배우지 않는 것들도 배우고 있었다. 내가 공부했던 방법과 여기 학생들과는 잘 맞지 않았다. 한국이었으면 설명 한 번에 끝났을 것을 세 번, 네 번을 설명해야 했다. 마치 맞지 않은 레고를 억지로 끼워 넣으려는 것 같았다.

이런 질문들을 학생들이 가져 오는 것이다. 괜한 승부욕에 30분이 훌쩍 지나가기도 한다. 심지어 다른 과목을 질문하는 학생도 있다. 잘 풀리지 않을 때 내가 가르쳐준 것만 질문하라는 투정을 부리기도 했다. 이상하게 아이들은 좋아하는 것 같았다. 웃으면서 다른 질문을 하겠다며 잠깐 기다려 달라고 한다.

나중이 돼서야 알았다. 아이들은 나와 시간을 보내고 싶었던 것이다. 사실은 그렇게까지 궁금하지 않은데, 질문을 무엇이든 만들어 대화하려 했던 것이다. 어린 학생들이 선생님들에게 관심 받고 싶을 때 여러 가지 질문 하는 것처럼 말이다.

질문을 다 받고 나서는 공책을 덮고 삶에 대해서 이야기를 하곤 했다. 다른 아프리카 이야기, 브라질에서 무장 강도를 만났던 이야기, 또 킬리만자로를 올라갔던 이야기를 말이다. 아이들은 흥미 있게 들었다. 그리고 집에 들어오면 저녁 먹을 시간이었다. 별거 안 한 것 같은데 하루는 금방 지나가 버렸다. 힘든데 재밌다는 말은 이럴 때 써야 하는 것일까?

가득 찬 하루를 보낸 느낌이었다.

◆ Lottery day
완짱이 손수 만든 추첨 상자다. 아이들 모두 기대하는 눈빛으로 시작을 기다리고 있다.

　창옴베 학생들에게 주는 선물이다.

　열정 교사 완짱이 야심 차게 준비한 추첨 이벤트. 한국에 있는 사람들
에게 지원을 받아 현지에서 물품을 사고, 추첨으로 선물을 주는 이벤트다.
지원을 해주는 사람들은 기부에 대한 열정이 있지만 시간이 부족해 현지
에 갈 수 없는 대신 마음을 전했다. 배워야 할 대단한 사랑과 열정이었다.

모든 학생들이 참석할 수 있는 날을 정했지만 시간표상으로는 다 모일 수 있는 시간이 없었다. 결국 다른 선생님들 양해를 구해가며 전교생이 참석할 수 있는 시간을 만들었다. 완짱은 동료 교사 디보고와 함께 물건을 사기 위해 까리야쿠 시장으로 갔다. 완짱은 한 번 방문에 VIP가 되었다고 한다. 그만큼 많은 물건이 준비되었다.

추첨하는 날, 나는 선물 주는 도우미를 했다. 디보고는 탄자니아의 유재석이라 불릴 만큼 맛깔나는 사회를 봤다. 선물은 저렴한 연필부터 가장 고가는 계산기, 인기 있는 상품은 가방이었다. 선생님들이 번갈아 가며 번호를 뽑았다. 먼저 연필부터 추첨했는데 이 때는 자기 번호가 불리지 않기를 바라는 듯 했다. 선택된 아이들은 원하던 것이 아니라 그런지 받아가는 표정은 덤덤했다. 시간이 지나 상품이 좋아지고 번호가 불릴 때마다 아쉬워하는 소리와 기쁨의 환호성이 동시에 퍼졌다. 추첨 번호를 현지 선생님들에게도 주었는데, 이 순간만큼은 심지어 교장선생님도 학생 같았다. 선생님이나 학생이나 지위와 상관없이 좋은 선물을 가지고 싶어하는 마음은 같았다. 모두 자기 번호가 불리기를 원했다. 대상은 모두 자기 자신으로 다르지만 이 날 창옴베는 한마음이 되었다. 드디어 마지막 선물, 하나 남은 가방의 번호가 불리는 순간 비명소리가 들렸고, 뛰어나오는데 너무 기뻐하며 어쩔 줄 몰라 했다. 간절했던 마음이 느껴져 뭉클하기도 했다. 그 아이를 보며 무언가 간절히 바라던 때가 떠올랐다. 간절히 바라는 것이 이루어질 때 그 기쁨, 믿어지지 않아 놀란 순간. 나도 이 학생처럼 주체하지 못했을 것이다. 주는 입장에서 보니 더 주고 싶었다. 디보고도 그렇게 느꼈는지 자기가 받은 티셔츠를 추첨해서 아이들에게 주었다. 훈훈한 시간이었다.

다 받지는 못했지만 학생들 표정은 누가 받고 받지 못했는지 모를 정도로 모두가 행복해 보였다. 어떤 학생들에겐 이런 추첨이 처음이라 했다. 멀리 한국에서 얼굴도 모르고 보내 온 마음이다. 아이들에게 좋은 날로 기억되었으면 하고 바랐다. 그런 마음을 아는지 아이들은 하나같이 물었다.

"다음 추첨은 언제 해요?"

"I will get my luck that time!" (그때 행운은 내가 가질 거에요!)

'그래… 너희들만 좋다면 되겠다. 너희에게 마음을 준 사람들도 그러길 바랄 것 같다.'

◆ 집중하시오
완짱이 추첨에 대해 설명하고 있다. 왜 이 많은 선물들을 주는지, 어디서 왔는지.

◆ 운 좋은 너희들
자기 번호가 불려서 선물을 받아가고 있다. 어떤 아이들은 내 것처럼 당당하게, 어떤 아이들은 수줍게.

◆ 집중하는 눈빛

어떤 번호들이 불릴지, 아이들이 숨죽여 기다리고 있다. 번호가 불리기 직전 몇 초는 정적이 흐른다.

◆ 우리는 창옴베다

처음으로 찍은 전교생 단체 사진. 없는 학생들도 있지만, 가장 많은 학생들이 참여했다는 의미가 있다.

탄자니아에서 분필을 들다

벌 받는 아이들

◆ 그럼에도 불구하고

교무실로 들어가다가 마주한 이 학생들은 벌을 받는 중이다. 그럼에도 불구하고 미소를 잃지 않았다. 너희는 왜 혼나는 거니?

시험 문제와 관련해서 꿀와를 찾고 있었다. 레쵸가 자기가 도서관에서 봤다며 거기로 가보라고 했다. "뭐? 내가 거기서 왔는데?" 하니, 자기가 찾아 주겠다며 함께 가던 중이었다.

교실 앞에서 Form4 학생들이 무릎 끊고 있었다. 그 학생들을 여러 선생님들이 돌아가면서 때리고 있었다. 여학생들은 손바닥, 남학생들은 엉덩이를. 같이 있던 레쵸가 잠깐 기다리라고 했다. 그러고는 몽둥이를 들고 아이들에게 다가갔다.

자세히 보니 직접 가르치지 않는 선생님뿐 아니라 교장 선생님까지 직접 체벌을 하고 있었다. 학생들은 시험 점수가 낮아서 매를 맞고 있었다. 40명 정도 학생이 합격 점수를 받지 못했다. 레쵸도 때리면서 "너희가 맞는 이유는 공부를 하지 않아서다!" 하고 외쳤다. 맞는 학생은 아파했고 심지어 대성통곡하는 학생도 있었다. 학생들 눈물에도 선생님들은 꿈쩍 하지 않았다. 처벌은 계속됐다. 때리는 선생님이 두 바퀴씩, 학생은 10대 정도를 맞아야 끝이 났다. 울지 않은 학생이 대단하다고 느낄 정도로 세게 때렸다.

나도 매맞는 학창 시절을 보냈다. 그때는 선생님들이 맡은 학생들을 체벌했고, 적어도 웃지 않았던 것으로 기억한다. 체벌에 대해 안타까워 하는 마음이 느껴졌다. 그러나 탄자니아에서는 직접 가르치지 않는 학생도 체벌했고, 선생님들 얼굴엔 웃음도 있었다. 표정만으로 마음까지 판단할 수는 없다. 그래도 지나가다가 갑자기 학생들을 때리겠다며 몽둥이를 드는 모습은 아쉽게 다가왔다.

탄자니아도 전국적으로 학생들 체벌은 금지하고 있는 추세다. 하지만 교장 선생님과 교장의 허락이 있을 때는 체벌이 가능했다. 법적으로는 문제 되지 않는다. 학생들 시험 결과를 확인하고 교장 선생님은 체벌을 하기로 결정을 한 것이었으니 말이다.

나도 수업하다 보면 말보다는 체벌이 필요하다고 느낄 때가 많았다. 때로는 '인내심을 시험하나?' 할 정도로 무시당하기도 했다. 정말 그럴 때는 때려주고 싶었다. 실제로 매를 가져오라고 시키기까지 했지만 차마 때릴 수는 없었다. 학생들 체벌, 분명히 있어야 하는 부분이다. 하지만 그 마음의 중심에는 학생을 사랑하는 마음이 있어야 할 것이다.

이 나라, 이 학교, 내 마음에 들지 않는다고 바꿀 수는 없다. 해왔던 것도 있고 이미 적응되어 있는 문화가 있는데 내 생각에 틀렸다고 막을 수는 없었다. 정확히는 틀린 것이 아니라 다른 것이었고, 내가 이해하고 존중해야 했던 탄자니아 학교 문화였던 것이다.

전심으로 탄자니아 학교가 잘되길 바란다.
탄자니아가 추구하는 방향으로.

◆ 똑바로 들어
아이들이 운동장에서 벌을 서고 있다. 손이 내려가면 맞기도 한다. 지각한 학생들이다.

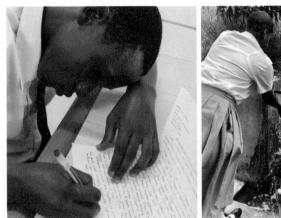

◆ 다른 체벌은?
핸드폰을 가져온 학생들과 또 무언가를 잘못한 학생들이 반성문을 적거나 학교 운동복을 빨고
있다. 아이들은 군말 없이 시키는 대로 한다.

◆ 콩을 심는 아이들

학생들은 여기저기 흩어져 구멍을 파고 있었다. 뭐하고 있는지 궁금해 다가가 보니 콩을 심는다고
했다. 이 아이들은 지각생들이다.

◆ 돌을 줍는 아이들

아이들이 화단에 쭈그려 앉아 있길래 가까이 가서 봤더니 돌을 모으고 있었다. "이거 왜 주워?"
물어보니, 비슷한 크기의 돌 50개를 모아오는 게 벌이라고 했다.

◆ 쉿
시험 시간엔 진지하다. 자기 실력을 객관적으로 알아볼 수 있다는 것을 아는 것일까?

탄자니아 시험은 고정적으로는 일 년에 4번. 담당 선생님 재량에 따라
그 이상 보기도 한다. 시험은 모두 Academic office, 우리나라로 치면 교무
부에서 관리한다. 여기서 시험지 복사부터 시험 및 감독 시간표까지 조정
한다. 이번 시험에서 나는 네 번의 감독이 배정되었다. 한 번은 하루, 나머
지 세 번은 다른 하루에 보기로 했다. 한 시험을 감독하는 시간은 평균적

으로 두 시간 반에서 세 시간 사이다.

　탄자니아 시험 시간은 객관식만 있는 것이 아니라 주관식, 서술형 같은 다양한 유형들이 있기 때문에 길다. 학생들에게 충분히 시간을 주기 위함 이라고 하지만 일부는 시간이 부족하다. 시험지는 10장 정도 된다. 물론 양 면이다. 거의 20페이지다. 시험은 짝수 학년 form2, 4, 6 때 있는 국가 시 험을 대비하는 것이다. 일부 선생님은 지난 시험지를 보고 비슷하게 만들 기도 한다. 화학의 경우, Part 1은 객관식, Part 2는 OX형, Part 3는 주관식 과 서술형으로 나눠져 있다. 다른 과목 시험도 다양한 유형으로 평가한다. 국가 시험은 실험까지 포함된다. 실험을 설계하고 수행하는 능력을 확인하 기 위함이다. 실험 시험은 Form4와 Form6 같은 마지막 학년만 본다. 전날 선생님은 주제에 맞게 실험실을 준비한다. 우리 학교는 한 번에 실험할 수 없어서 나눠서 봐야 했다. 실험을 끝내고 나가는 학생과 들어가는 학생이 접촉을 못하게 하는 모습이 어설퍼 보였지만, 이미 몇 년째 그렇게 해왔는 지 선생님과 학생 모두 자연스럽게 행동했다. 선생님이 "너희 눈도 마주치 지마!" 할 때, 학생들이 벽을 보거나 손으로 눈을 가리는 모습이 순수하게 보였다.

　문제의 그날. 시험 감독이 세 번 있는 날이다. 아침 8시부터 시험은 시 작됐다. 8시부터 10시 반, 11시에서 1시 반, 2시부터 4시까지 지켜봐야 했 다. 학생들은 하루에 보통 두 과목을 본다. 세 과목을 보는 날도 있긴 하다. 이 날, 나는 세 번 모두 감독했다. 감독하면서 해야 할 것도 많다. 보조 감독 없이 혼자서 해야 한다. 시험지와 답안지를 나눠주고, 학생들을 계속 지켜보는 것을 포함해 시험에 필요한 모든 것을 말이다. 답안지를 충분히 주는 것 같은데도 아이들은 답안지가 부족하다며 손을 든다. '대체 왜 부족할까?' 궁금해 옆에서 보니 번호와 문제를 다시 적고 있었다. 예를 들어, 문제가 '돌턴 원자 모형의 특징을 적어라'라면 10명 중에 8명은 '돌턴 원자 모형의 특징은'을 시작으로 답을 적는다. 긴 문제의 경우 답은 더 길어지게 된다. 받은 답안지를 가득 채워야 하는 것으로 생각하나 보다. 모르는 문제라도 빈칸으로 내지 않고 어떻게든 채우려는 모습이 재밌게 다가왔다.

앞에서 감독을 하고 있으면 다 보인다. 뒤에 앉은 아이들과 눈이 마주친다. 그런 아이들은 왠지 수상하다. 더 유심히 보게 된다. 한 학생이 그랬다. 다 풀었으면 자든지, 눈 마주치지 말라고 했는데도 자꾸 눈이 마주치는 모습이 눈치를 보는 것 같았다. 옆 시험지로 곁눈질했다. 가뜩이나 눈이 커서 검은 눈동자가 어디를 향해 있는지 단번에 알 수 있었다. 모른 척할 수 없었다. 그 학생 이름을 노트에 적었다. 시험이 끝날 무렵, 끝난 사람은 나가도 좋다는 말에 한꺼번에 우르르 나왔다. 나오면서 정신이 없어지자 그 틈에 친구 시험지를 커닝한 학생도 보였다. 봤는데 그냥 넘어갈 수 없었다. 그 학생 이름도 노트에 적었다.

왜 자신의 이름을 적냐며, 자기는 커닝 안 했다고 결백을 주장했다. 나의 단호한 태도에 결국 인정했다. 어떻게든 이름을 지우기 위해 방법을 바꾼 것 같았다. 용기 있는 학생이었다. 탄자니아에서 잘못을 인정하는 학생은 거의 없었기 때문이다. 그렇다고 없던 일로 할 수 없었다. 이 시간에 커닝 하는 두 학생을 잡았다. 그 중 한 명은 커닝을 인정했고, 다른 한 명은 인 정하지 않았다. 둘 다 학생부 선생님에게 불려갔고 크게 혼났다. 점수는 깎 이고, 매를 맞고 다른 친구들 앞에서 망신까지 당했다. 커닝을 인정하지 않 은 학생은 억울한 표정을 지었고, 인정한 학생은 눈물을 흘리며 벌을 받았 다. 잘못을 인정한 학생이 더 크게 혼난 것처럼 보였다. 그러나 지금은 조 금 힘들지라도 인정을 하지 않은 학생과는 달리 마음에 남지 않아 자유로 울 것이다. 자백을 하면 벌을 통해 용서를 받고 그 죄에서 자유롭게 되지 만, 그렇지 않으면 거짓말이라는 또 다른 잘못이 추가되고 언제 그것이 드 러날까 하는 불안감 속에서 살게 될 것이다. 인정하고 벌 받는 것이 마음 은 훨씬 개운할 것이다.

같은 반에 두 번째 감독을 들어갔다. 첫 시간과는 달리 분위기가 진지했 다. 전 시간에 걸린 학생들 때문인지 조용히 지나갔다. 세 번째 감독이 끝 나고 마지막 학생에게 시험지를 받고 나니 4시가 넘었다.

탄자니아에서 처음 하는 시험 감독. 아침 8시부터 오후 4시까지 총 8시 간, 잠깐 앉기도 하면서 커닝하지는 않는지 아이들을 지켜보는 것은 만만치 않은 일이었다. 다른 선생님들도 나와 비슷한 빈도수로 감독한다. 심지어 더 많이 들어가는 선생님도 있다. 그러다 문득 '다른 선생님들도 이렇게 8시간을 서 있는다고?' 하며 궁금해졌다. 다음날 감독하는 선생님을 유심히 지켜봤다. 다른 선생님에게 잠깐 맡기고 밥을 먹고 오거나 화장실을 다녀오기도 했다. 또 어떤 반은 감독하는 사람이 아무도 없었다. 그렇게 잠시 자리를 비우기도 했다. 탄자니아 선생님은 자유롭게 감독하고 있었다.

그럼 그렇지…

◆ 커닝하지 마라

8시간 감독하던 날이다. 처음엔 서 있다가 나중엔 앉는다.

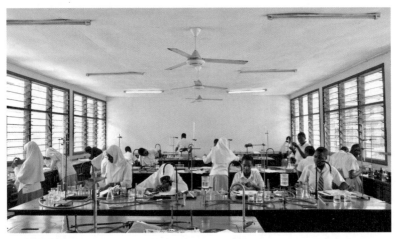

◆ 과학실 현장

짧은 시간에 자기 할 것도 바쁘기 때문에 커닝할 시간이 없다.

◆ 눈 마주치지 마

앞에서 바라본 학생들의 모습이다. 정말 앞에 서면 다 보인다. 눈알 굴리는 소리까지도 들릴 정도다.

◆ God looks you

나 말고 다른 시험 감독이다.

◆ 흐음

알리, 반 1등이다. 열심히 안 하는 거 같은데 성적은 좋다. 검토 중인지, 헷갈리는지 심각해 보인다.

◆ 음 뭐였더라?

샤리파, 공부를 열심히 하는 학생이다. 많이 고민되는 모양이다. 집중할 때 가장 예뻐 보인다.

◆ 한마음으로
학교 전 교직원들이 모여서 체육 대회를 위해 몸을 풀고 있다.

　"옷 사이즈 어떻게 돼?"

　옷을 선물로 주려나, 갑자기 사이즈를 물어봤다. 며칠 후에 있는 학교 교
직원 체육 대회를 준비한다고 했다. 그때 입을 단체 티를 위해 사전 조사
중이었다. 미디움, 라지? 고민하다 라지로 신청했다.

"토요일 8시까지 오면 돼!"

아프리카 시간을 생각해 9시에 가려던 걸 혹시나 하는 마음에 8시 정각에 맞춰 갔다. 역시 출발은 9시가 넘었다. 삼십 분 동안 아무도 없는 학교에서 기다렸다. 선생님이 한둘씩 보이기 시작했고, 조금 더 지나자 단체복을 나눠 주기 시작했다. 어릴 적 운동회 할 때 청팀과 백팀을 나누는 것처럼 세렝게티 팀과 응고롱고로 팀으로 나눴다. 팀을 확인하면 옷을 받을 수 있었다. 2018년은 하얀색과 파란색 카라티가 팀복이었다. 빨리 이야기하지 않으면 사이즈는 없었다.

내가 속한 팀은 응고롱고로, 하얀색 티셔츠를 입었다. 미리 농구, 축구처럼 오래 걸리는 경기를 끝내고 이날은 다트와 보드게임, 당구, 줄다리기, 달리기, 수영처럼 간단한 경기만 하고 종합 우승을 가려냈다. 나는 팀을 대표해 수영 경기에 출전하기로 했다. 사람들이 모였다. 먼저 아프리카 댄스로 몸을 풀었다. 딱히 정해진 체조 동작은 없었다. 신나는 음악을 크게 틀고, 디보고가 대표로 준비운동을 이끌었다. 한 동작을 하면 다른 사람들이 따라하는 식이다. 몇 가지 재미난 동작을 통해 몸을 풀며 분위기도 업시켰다. 그러다 다른 동작이 생각이 안 났는지 나에게 춤을 알려달라고 등을 떠밀기도 했다. 그렇게 엉터리 같은 준비 운동은 한동안 계속됐다. 본격적으로 체육 대회가 시작됐다. 실내 경기가 끝나고 해변에서는 줄다리기를 했다. 성별로 세 번씩 경기했다. 여기도 삼세판 문화인 듯하다. 우승팀을 가렸다. 사람들은 승패와 상관없이 즐거워했다.

수영 선수들 입장하라는 방송이 나왔다. 수영 경기장은 20m도 안 돼 보이는 워터파크였다. 앞에 보이는 미끄럼틀에 빨리 도착하는 사람이 우승이다. 수영 참가자들은 총 네 명, 세 명이 우리 팀이고, 나머지 한 명이 다른 팀이다. 3:1의 불공평한 경기였지만 있으면 있는 대로 없으면 없는 대로 하는 아프리카 스타일이었다. 출발선에 섰다. 긴장되었다. 다른 사람들도 그랬는지 모두 출발 신호에 약속이나 한 듯 한 박자 늦게 뛰어들었다. 옆을 볼 시간도 정신도 없이 팔을 휘저었다. 숨을 쉬려고 얼굴을 돌릴 때마다 환호성이 들렸다. 레인은 생각보다 길었다. 숨이 찰 때 쯤 손 끝이 벽에 부딪혔다. 1등이었다. 경기는 10초도 되지 않아 끝났는데, 1분은 수영한 듯 숨이 거칠었다. 모두들 환호했고, 이렇게 빨리 끝나도 되나 하며 얼떨떨했다.

시상식이다. 많은 트로피들이 준비되어 있었다. 여러 종목에서 우승자들이 트로피를 받았고, 나도 받았다. 탄자니아 선생님으로 수영 대회에 참가해서 당당하게 받은 트로피라 의미는 남달랐다. 종합 우승은 세렝게티 팀이 했다고 했다. 축구나 농구 같은 큰 경기에서 져서 내가 수영 1등을 했음에도 팀 점수는 낮았다. 괜히 아쉬웠다. 그 사이 밥이 준비되었다. 기념 사진을 찍다가 거의 마지막으로 밥을 받게 되었지만, 풍족한 행사에 음식도 풍족했다.

탄자니아에서 붓펼을 들다

파티는 이때부터였다. 디제이는 음악 볼륨을 높였고 사람들은 광장에 모였다. 커다란 원을 만들어 각자의 흥을 뽐내기도 하고 한 명씩 중심으로 들어가서 춤을 추었다. 사람들은 그 춤을 따라 한다. 특별한 한 사람이 주인공이 아닌 모두가 주인공이었다. 아프리카 댄스. 남녀노소 누구도 부끄러워하지 않고 즐겼다. 아프리카에 이런 문화가 좋다. 다른 사람들 시선에 신경 쓰지 않고, 내 감정 내 느낌을 편하게 드러내는 탄자니아에 점점 빠져들고 있었다.

◆ 승리

역전승이다. 이보다 더 짜릿한 승리가 있을까. 이 기쁨을 동료들과 함께 나누고 있다.

◆ 고만고만

카메라에 대고 알렉스와 근육을 자랑하고 있다. 다른 손은 근육이 더 크게 보이기 위해 누르고 있다. 똑같구만.

탄자니아에서 분필을 들다

◆ **카드 게임**

탄자니아 사람들은 웃음이 많고 리액션이 크다. 별거 아닌 거 같은데도 그 공간을 유쾌하게 만든다. 불법 도박장은 아니다.

◆ **자루 달리기**

바다에서 노는데 커다란 환호 소리에 돌아보니 파란 팀이 이겼다.

◆ **이거 봐라**

갑자기 나를 부른다. 누구 배가 가장 많이 나왔냐고 물어봤다. 흰색 1등, 빨간색 2등, 파란색 3등으로 골랐다. 1등한 선생님, 마티어스는 바로 다이어트에 들어갔다.

◆ **탄자니아 트로피**

우연하게 참가한 수영 대회. 4명이서 했던 경주. 나름대로 치열했던….

◆ 모두 다 나가

숙제를 안 해온 애들이 이렇게나 많다니, 얼굴을 확인하기 위해서 찍은 사진이다.

여느 때처럼 평범한 날.

시끌벅적한 쉬는 시간이 지나고, 터벅터벅 학생들은 교실로 걸어간다. 여전히 공부하기 싫어하는 아이들, 딴청 피우는 아이들, 화장실을 다녀오겠다는 아이들. 분위기를 겨우 다잡고 수업을 시작했다. 칠판에 노트할 것을 적고 있는데 무언가 부딪히고 떨어졌다. '뭐지?' 하고 보니 구긴 종이였다.

누군가 일부러 종이를 던진 것이었다. '설마 나한테 던진 것일까? 에이, 다른 친구한테 주는 걸 잘못 던진 거겠지' 하고 생각하려 했다. 그렇기엔 칠판 높은 부분에 맞았고, 친구한테 던지려고 했다 해도 이상했다. 그냥 넘어갈 수는 없었다.

"누구야?"

교실이 조용해졌다. 이런 경우 찾기는 힘들다. 모두들 아니라고 하며 끝까지 거짓말을 하기 때문이다. 그래도 찾아야 했다.

"지금 나오면 용서해 줄게, 누구야?"

여전히 침묵했다. 서로 눈치를 보고 있었다.

"모두 일어나!"

아이들은 선생님 말을 잘 듣는 편이다. 모두 벌떡 일어났다. 다들 똘망똘망한 눈으로 '나는 아니다'를 말하는 듯했다.

"다시 앉아! 누구야?"

조용했다. 일어났다 앉았다를 몇 번 반복했다. 나올 때까지 할 생각이기도 했다. 횟수가 늘어가면서 불평하는 목소리도 조금씩 새어 나왔다. 아이들 표정도 점점 안 좋아졌다. 분위기는 심각했고 아이들은 따를 수밖에 없었다. 반항할 수도 없었을 것이다. 다시 앉으라고 했을 때, 한 명이 일어서 있었다. 그 아이가 범인이었다. 마음에 죄책감과 친구들 원성을 참을 수 없었나 보다. 앞으로 나오라고 했다.

"왜 그랬니?"
"죄송해요."
쓰레기통에 던지려고 했는데 잘못 던져서 칠판으로 갔다는 변명을 했다. 쓰레기통과 방향이 전혀 달라 말이 되지 않았다. 적당한 처벌이 필요했다. 평소에 수업을 잘 듣는 학생이라 고민이 되었다.

"얘들아 이럴 땐 어떻게 해야 하니?"
애들의 대답은 다양했다.
"때려요, 부모님을 모셔오라고 해요, 교장 선생님께 데려가요, 무서운 선생님께 데려가요, 청소를 시켜요⋯."
그 학생을 쳐다봤다. 친구들과 나를 번갈아 보고는 죄송하다는 말을 반복했다. 혼내야겠다고 결정을 내릴 때쯤에 "용서해주세요" 하는 목소리가 들렸다.
'그래, 용서가 있었지!'
참 쉬우면서도 어려운 용서! 스스로 잘못을 깨닫고 앞으로 안 그런다면 방법은 그리 중요하지 않았다. 생각을 바꿔 용서하기로 했다.

"어떤 친구는 너를 처벌하라고 하는데, 다른 친구는 용서하라고 했다. 그리고 나는 용서하기로 했다. 앞으로는 그러지 마라."

"네, 감사합니다. 앞으로는 안 그럴게요!"

뻔한 거짓말일 수 있다. 그래도 다시 한 번 속아 보기로 했다. 사랑은 분노보다 강하다고 믿는다. 앞으로 학생은 무섭고 더러워서 안 하기 보다는, 피해주고 싶지 않다는 마음이 생겼을 것이다. 또 그 학생은 용서를 받았으니 다른 사람도 용서할 수 있을 것이다.

참 다행이었다. 사실 어떤 벌을 주거나 처벌을 하는 동안 내 마음도 불편했다. 나도 이런데 아이들 마음은 오죽할까? 처음 하는 용서는 어려웠다. 괜히 자존심이 긁힌 것 같고 무시당하는 것 같은 느낌에서였다. 그래서 힘들었다. 하지만 용서하고 나니 모든 것은 쉬웠다. 학생들과 이야기를 이어나가기도 쉬워지고, 또 수업을 이어 나가는 것도, 게다가 아이들과 관계도 껄끄러워지지 않았다.

용서가 아름다운 이유는
단절이 아닌 연결에 목적이 있기 때문은 아닐까.

탄자니아에서 붓펜을 들다

기분 좋지 않은 날

◆ **시끌시끌**
갑작스러운 합반 소식, 한 반에 100명이 넘는 학생들이 한 교실에 있다.

사고 후, 무릎에 난 상처 때문에 서 있기가 힘들었다. 수업도 힘들게 느껴졌다. 시험이 끝난 지 얼마 안 된 학생들은 해방감을 느끼는 듯했다. 교실은 어수선했다. 학생들은 수업에 전혀 집중하지 않았다. 어떤 학생은 갑자기 앞으로 나와 시간표를 확인하고 들어갔다. 뭐하냐고 물어보니 자기는 종 치는 역할이라며 끝나는 시간을 확인했다고 당당하게 말했다. 그걸 왜 지금 확인하느냐고 물어보니 끝날 때가 돼서 확인했다고 했다.

평소 같았으면 그냥 넘어갔을지도 모르겠는데 그날은 벌을 세웠다. 그리고 칠판에 판서를 하는데 뒤에서 웅성거리는 소리가 들렸다. 떠드는 아이 사이로 가방에 숨어 자는 학생이 보였다. 그전까지 전혀 눈치채지 못했는데 주변에 떠드는 아이들 때문에 알아차렸다. 몰래 숨어서 자다니 혼내야 했다. 떠든 학생을 일으켜 세우고 그 뒤에 자고 있는 학생은 나오라고 했다. 안 걸린 것으로 생각했는지 나오지 않았다. 나오라는 목소리가 점점 커지니 그제야 쭈뼛쭈뼛 나왔다. 교실 밖에 있으라고 했다. 학생은 갑자기 배를 부여잡았다. 아픈 척을 하고 싶었나 보다. 너무 뻔해 보여 가볍게 무시하고 끝나고 따라오라고 했다.

어딜 가나 이런 학생은 있다. 스와지에서도, 브라질에서도. 처음에는 못 보던 모습을 학기 마지막에 보니 아쉬웠다. 이날은 고리타분하게 느껴질지 모르는 이야기를 했다.

"너희가 여러 사정이 있다는 거 잘 안다. 다 이해한다. 그러나 너희는 좋은 행동과 그렇지 않은 행동을 구별할 수 있지 않느냐, 떳떳하지 못하면 나에게 물어보고 허락을 받아라. 숙제 안 해오고, 지각하고, 책 늦게 펴고, 시험 점수 낮은 것 가지고 뭐라고 하진 않는다. 태도가 중요하다. 선생님이든 어른이든 나이를 떠나서 우리는 서로 다른 사람을 존중해야 한다."

그리고 교실을 나가려는데 괜히 찜찜했다. 전부터 나는 '우리는 서로 사랑해야 한다'고 자주 말했다. 다툰 학생들이 있으면 불러다가 화해를 시키고 서로 '사랑하라'는 말과 함께 악수를 하게 했다. 그 생각이 들면서 나가다 말고 한마디를 덧붙였다.

"그렇지만 난 너희를 사랑한다."

그러자 몇몇 학생들은 웃고, 여기저기서 "알러뷰 투" 하는 소리가 들렸다. 화를 냈고 지루한 이야기를 했지만 기분은 좋았다.

수업이 끝나고 따라온 두 학생에게 앞으로 그러지 말라며 달래주고 보냈다. 용서 받은 것이 감사했는지, 다른 선생님들에게 끌려가서 혼나지 않은 것이 감사했는지는 모르지만 다음부터는 이런 일이 없길 바라는 마음으로 악수를 했다.

찜찜하지 않은
화냈던 날이었다.

오늘은 학교를 조금 늦게 가도 되는 날이다. 여유롭게 씻고 아침을 먹는
데 완짱에게 문자가 왔다. 불안한 느낌이 들었다. 이 시간에 문자가 왔다는
건 무슨 일이 있다는 의미기 때문이다.

'무슨 일일까?'

완짱은 음투라가 자기 수업 시간에 내 시험을 본다고 말했다. 게다가 오
늘과 내일 있는 내 수업 시간을 완짱에게 주겠다고 했다. 이런 사실을 나
는 알고 있는지 확인 차 또 알고 있다면 왜 미리 말을 하지 않았는지 궁금
해 전화했던 것이다. 황당했다. '내 시험을 내 허락도 없이, 게다가 아직 진
도도 다 끝내지 못했는데 시험을 본다니, 무슨 말이지?' 부랴부랴 학교로
갔다.

학교에 도착했을 땐 시험은 이미 끝이 났고, 마침 나오고 있는 음투라와
마주쳤다. 나를 보고 반갑게 손을 흔드는데 기분이 좋을 리가 없었다. 다
짜고짜 왜 내 시험을 지금 봤냐고 물었다. 평소 웃으며 인사도 잘하던 내가
이렇게나 심각하게 이야기를 하니 당황한 듯 보였다. 음투라는 자기 시험
까지 합치면 시험 시간이 길어지기 때문에 둘 중 하나를 오늘 봤다고 했다.

그래도 그렇지 아무 말도 하지 않고 내 시험을 먼저 보는 건 도무지 이해할수 없었다. 음투라는 이미 교무부와 이야기가 끝난 것이라는 해명을 했다. 한걸음에 교무 부장에게 달려갔다.

이런 상황에 대해 물어보니, 음투라가 본다기에 이미 이야기가 된 줄 알고 내 시험지를 줬다고 했다. '나는 아무것도 들은 것이 없는데, 대체 무슨 소리를 하는 거야!' 나를 뭐라고 생각하기에, 내 의견도 없이 자기 마음대로 내 시험을 볼 수 있는가. 그리고 자기가 뭔데 내 수업 시간을 다른 선생님에게 주는가!'

시험지와 수업 시간을 모두 도둑맞았다는 생각에 도저히 참을 수가 없었다. 조목조목 따지기 시작했다.

"왜 나에게 말도 없이 내 시험을 봅니까?
시험 시간이 길었다면 왜 선생님 걸 보지 않았습니까?
진도 안 나가고 시험 본 학생들은 어떻게 할 겁니까?
왜 내 수업 시간을 마음대로 줍니까?
그리고 대체 날 뭐라고 생각하는 겁니까?"

속사포로 쏘아댔다. 목소리도 높아졌다. 그 선생님은 당황했는지 시험시간이 길어서 내 걸 볼 수밖에 없었다는 말만 반복했다. 다른 선생님들이 이야기를 듣더니 나에게 왜 말을 안 했냐고 음투라에게 물었다.

"It was my mistake but…" (그건 내 실수다. 그런데…)

'그래서 뭐?'

음투라는 해결 방안을 찾고 싶어 했다. 당연히 그래야 하지만 아무런 사과나 언급 없이 행동하는 것이 나로서는 이해가 불가능했다. 사과를 들어도 짜증나는 일인데, 사과도 안 하고 해결부터 하려 하다니 좀처럼 화는 가라앉지 않았다. 자꾸 앞으로 어떻게 할 거냐고 하는데 생각하고 싶지도, 말하고 싶지도 않았다. 당장에 교장 선생님에게 이런 상황을 말하고 어떠한 조치를 받고 싶었지만 또다른 분쟁을 만들게 될 거 같아 참았다. 내 선에서 끝내기로 했다. 화났던 감정을 진정시키고 이야기했다. 진도를 다 못나간 그 반에는 약간의 추가 점수를 주기로 했다. 그리고 앞으로 다시는 이런 일이 없으면 한다고 당부했다. 그제서야 음투라는 사과했다.

"미안해요."

너무 미안하면 먼저 미안하다는 말이 나오지 않는다고 한다. 나도 그랬던 것 같다. 사과보다는 왜 그랬는지 설명이 먼저 나온다. 이해해 달라는 호소로 말이다. 그러나 그것을 듣고 있는 사람에겐 호소가 아닌 변명이 되었을 것이다. 내가 잘못했다고 생각될 때는 잘못의 경중을 떠나서, 또 상대방의 잘못을 찾고 지적하기보다는 먼저 사과를 하고 그 다음에 해결책을 찾아보려고 해야 더 아름답게 끝나지 않을까 하는 생각을 해본다. 음투라의 모습을 통해서 내가 자주 실수하던 모습이 생각나 반성하기도 했다. 나로 인해 문제가 생겼을 때는 먼저 잘못 인정을 하고, 그러고 난 다음에 해결 방법을 찾기로 했다. 안 좋은 일은 마냥 안 좋지만은 않았다. 생각을 달리 하면 배울 점도 있다는 것을 알았다.

'나도 화내서 미안해요. 그리고 앞으로 이야기 좀 해줘요.'

◆ 쏴아아아
'설마 이게 빗소리?' 할 정도로 큰 소리가 난다. 나가서 직접 눈으로 확인할 정도로.

　탄자니아 4월은 비가 많이 온다.

　우기에 소나기는 갑작스레 짧고 강하게 내린다. 얼마나 강하게 내리는지 1분만 밖에 있어도 속옷까지 모두 젖어버릴 정도다. 그런데 요 며칠 동안은 비가 계속 되었다. 하늘에 구름이 가득해 해를 볼 수 없었고, 빗줄기가 가늘어졌다 굵어졌다만 반복할 뿐 비는 그치지 않았다. 많은 현지인들이 이런 적이 없다며 이상기후라고 했다. 그런 날이 이틀이 지나니 도로 곳곳은 침수됐고 하천이 범람해 차가 다닐 수 없으며 흙길은 질퍽한 진흙 길이 되어버렸다. 다른 지역에 사는 선생님들이 다레살람에 홍수주의보가 내려 졌는데 괜찮느냐는 안부 문자를 받을 정도였다.

우산을 쓰고 학교에 가면서 나도 이렇게 힘든데 학생들은 얼마나 힘들까 하는 생각이 들었다. 5시에 일어나서 달라달라를 두 번 갈아타거나 1시간 이상 걸어오는 학생. 그래서인지 교실에는 빈자리가 많았다. 심지어 몇몇 선생님도 보이지 않았다. 모두 비가 와서 학교를 올 수 없다는 것이 결석과 결근 이유였다. 탄자니아에서는 비 때문에 등교와 출근이 결정되기도 했다.

한창 수업 중인데 갑자기 학교 종이 울렸다. 보통 몇 번 울리고 마는 종은 누군가 마치 분풀이를 하듯 계속 치고 있었다. 그런 종소리는 모이라는 의미다. 곧이어 다른 반 학생들이 우르르 나왔다. 교장 선생님은 비가 많이 와서 학생들을 집에 보내라는 정부 지시가 있었다며 모두 집으로 가라고 했다. 그날은 그렇게 수업이 끝났다.

다음날도 비는 추적추적 내리고 있었다. 출근하는데 옆에 있는 초등학교 학생들은 집으로 돌아가고 있었다. '설마?' 했는데 우리 학교는 수업한다고 했다. 그러다 갑자기 전날과 비슷하게 종이 울리고 학생들은 다시 모였다. 아이들의 얼굴에는 내심 기대하는 듯했다. "너네 집에 가는 거야?" 하고 물어보니 "아마도" 하며 신나게 말했다. 아니나다를까 집에 돌아가라고 했다. 그날 학교는 따로 연락 받은 것이 없어 보통 날처럼 수업하려 했지만 갑자기 전달된 정부 지시라 어쩔 수 없다고 했다. '미리 공지가 되었더라면 나도 학생도 비를 뚫으면서 학교에 오지 않았을 거고 선생님들도 편하지 않았을까?' 불평할 만도 했다. 그럼에도 이 상황을 즐기는 듯한 모습이 신기하게 다가왔다.

"너희는 짜증 안 나니?"
"괜찮아요! 아프리카잖아요!"
'아프리카니깐…'. 한 문장에 고개가 끄덕여졌다. 불평불만하는 사람은 없었다. 나도 이런 모습이 점점 익숙해졌다. 전날과 똑같이 날씨는 흐리고 조금씩 비도 오는데 특별한 지시가 없다고 학교는 똑같이 수업하려 했다. 사람들은 학교와 정부를 이해했다. 갑작스러운 상황에도 화를 내지 않고 받아들이는 모습에 나는 매료되었다. 이해할 수 없는 방법일지라도. 그들의 마음과 열정적인 모습에 내가 가지고 있던 이성적이고 합리적인 생각은 마비됐고, 탄자니아 그 자체를 있는 그대로 바라보고 인정할 수 있게 되었다.

한국에서 이따금씩
여유롭게 생각하던 탄자니아 사람들이 떠오른다.

탄자니아에서 분필을 들다

◆ 전봇대에도

여러 군데 전단지를 붙였다. 한 달이 지나도, 두 달이
지나도 전단지는 그대로, 핸드폰은 울리지 않았다.
어떤 연락도 없었다.

　가방을 찾기 위해,

　온라인에도 글을 올리고, 오프라인에도 전단지를 만들어 붙였다. 그러다

보니 학생들도 알게 되었다. 교실에 들어가니 한 학생이 "가방 어디 있어

요? 카메라는요?" 하고 놀리듯 물어봤다. 모른 척 하려 했는데 설명을 해

야겠다는 생각에 그때 상황을 말해주었다. 그리고 학생들에게 질문했다.

"만약에 그 사람을 잡으면 어떻게 해야 하니?"

학생들 대답은 끔찍했다. "죽여라", "태워라" 같은 말이었다. 당황스러웠다. 순수해 보이는 아이들의 입에서 이렇게나 무서운 말이 나오다니, 상상도 못했기에 충격이 컸다.

그렇다.

이곳은 무언가 훔칠 때 목숨을 걸어야 한다. 이렇게 어린아이들까지 알고 있을 정도로 훔치다 걸린 사람은 죽도록 맞는다. 맞다가 정말 죽게 돼도 사람들은 개의치 않는다. 탄자니아 거리 분위기는 '저런 사람은 죽어도 싸다!'가 지배적이다. 역설적으로 경찰에 잡혀 감옥에 가는 것이 오히려 살 가능성이 높다. 시골에서는 돌로 쳐 죽인다고도 한다. 생각해보면 그들은 내 가방을 훔치는 것에 목숨을 걸었던 것이다. 잡히지 않기 위해 있는 힘껏 엑셀을 밟았고, 앞에 사람들이 있어도 무시한 채로 말이다. 그런 생각이 들자 내 마음은 가방을 빼앗겼다는 분노에서 어쩌다 그랬을까 하는 동정으로 바뀌었다.

그들 머릿속엔 오직 '가방을 훔치겠다'는 생각으로 가득 차 자기도 모른 채 생명을 걸었을 것이다. 한 사람의 생명이야 어떻게 되든 신경 쓰지 않는다는 생각에 눈이 찌푸려질 만큼 마음이 아려왔다.

그들은 자신과 다른 사람 생명이라는 선택지 중에서 선택해야 했다. 나를 보자마자 절도범이 되기로 했고, 가방을 잡은 순간부터 절도범이 되었다. 이젠 잡히면 죽는다는 생각으로 가방을 잡고, 엑셀을 끝까지 밟았을 것이다. 사람이 바닥에 부딪히고 끌려 다니며 살이 벗겨지고 피가 나도, 자기 목숨이 소중하니 차를 멈출 수도, 그렇다고 가방을 놓을 수도 없었을 것이다. 이미 절도범이었으니 말이다. 이왕 이렇게 된 거, 한 사람이 정말 어떻게 되더라도 가방은 가져가야 했을 것이다. 빈손으로 잡히는 것보단 어떤 거라도 훔쳐야 잡혀 죽어도 억울하지 않을 테니 말이다.

무엇이 그들을 이렇게 만들었을까?

대체 무엇이 한 사람의 생명보다 물질이 귀하도록 만들었을까?

또 한 생명을 무시하면서 자신의 주머니를 채워야 하는 이유는 무엇이었을까? 안타까웠다. 내가 할 수 있는 것이 없었다. 그렇기에 더. 복잡한 생각 끝에 아이들에게 말했다.

"나라를 위해 기도해라.

그들에게 돌 대신 꽃을 던져라.

그들을 사랑해라.

그들을 용서해라.

그래도 괜찮다.

비록 그들은 내 가방과 내 성경책, 내 카메라를 가져갔지만 웃음까지는 훔칠 수 없었다."

예상하지 못한 답변이었는지 학생들은 박수를 쳤다. 꽤나 감동적으로 다가왔나 보다. 이 타이밍에 박수, 나도 예상하지 못했다. 다른 반에서도 이야기를 하다 보니 똑같은 이야기를 세 번 더 말했다. 마지막 반에선 어떤 아이가 "기도하고 사랑해야 합니다." 하고 먼저 대답하는 바람에 웃음이 나오기도 했다.

학창 시절 가장 기분 좋았던 날은 선생님이 수업 진도를 나가지 않고 다른 이야기할 때다. 오늘은 그런 날이었다. 비록 수업은 보충해야 했지만 지식보다 더 귀한 것을 학생들이 느낄 수만 있다면 그깟 보충 수업은 일도 아니었다.

나는 괜찮다.
내 가방이 다른 누군가의 힘을 덜어준다면,
내 성경책이 한 사람의 인생을 바꾼다면,
내 카메라가 보지 못한 곳을 볼 수 있다면,
더 좋은 일이니 말이다.

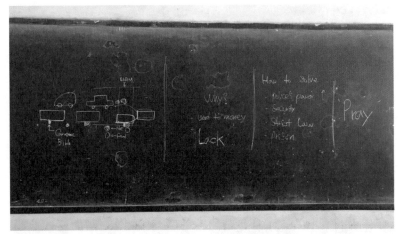

◆ **결론은 기도**
그날의 사건과 원인, 해결 방안을 설명하고 있다.

◆ **사랑하라**
기도하라 그리고 사랑하라. 칠판에 적고 보니 예뻐 보여서 사진으로도 남겼다.

◆ 새로운 시작
2018년 Ordinary level 졸업생들이다. 축하해요.

Form 4 졸업식은 10월.

Form 6 졸업식은 5월.

졸업식이다. 새롭게 출발하는 날.

학교 행사 일정으로 초대를 받았다. 이날은 Form4 졸업식이다. 반가운 얼굴들이 보였다. 직접 가르치지는 않았지만 학교에서 오가며 대화를 나누며 친해진 학생들이었다. 어떤 아이는 한국말을 참 잘했다. 전에 있던 선생님에게 배우기도 하고, 인터넷을 통해 한국 드라마를 보며 스스로 공부했다고 했다. 어느 정도 쓸 수도 있고 간단한 회화까지도 가능한 학생이었다. 한국 유학에 관심이 있어 자주 찾아오는 학생도 있었지만 토픽 시험을 통해 한국어 자격증을 따지 않는 이상 힘들었다. 더군다나 탄자니아에서는 그 시험이 열리지 않아 현실적으로 더 어려워 보였다. (토픽 장소는 매년 확인이 필요하지만 탄자니아에서 제일 가까운 곳은 남아공과 이집트였다)

졸업식은 대학교 강당에서 했다. 강당은 원형 극장처럼 500명이 들어갈 수 있는 커다란 교실이었다. 실제로 수업을 하는 교실이라고 하는데 교실이 가득 찬 모습을 생각하기만 해도 시끄럽고 땀이 나는 것 같았다. 주변엔 포토존과 어릴 때 보던 사진사가 있었다. 꽃과 다양한 졸업 선물을 파는 곳도 있었다. 한국에 여느 졸업식 모습과 비슷했다.

강당 입구에는 반가운 얼굴들이 보였다. 내가 가르치는 학생들이었다. 가슴에 '도우미'라는 명찰을 달고 자리를 안내하고 있었다. 주먹을 치고 강당으로 들어갔다.

대학교 학장과 중고등 선생님들이 앞에 앉아 있었다. 재학생들은 선배들을 위해 준비한 공연을 선보였다. 졸업생 남학생들은 나비넥타이, 여학생들은 가슴에 파란색 꽃과 함께 마지막으로 교복을 꾸며 입었다. 특히 여학생들은 화장까지 하고 앉아 있었다. 멋부리기 좋아하는 건 국경이 없는 듯했다. 많은 사람들의 축하 속에서 졸업식이 진행됐다.

사회자가 마이크를 들었다. "학교에 얼마를 기부할 것입니까?" 하는 질문으로 한 명씩 마이크를 전달했다. 먼저 교장과 교감 선생님에게 마이크를 건넸다. 모든 사람의 시선이 집중되고 각각 5만 실링(25,000원)을 기부한다고 했다. 그리고 나를 불렀다. 너무 갑작스러워 당황했다. 기부를 안 할 수 없고 또 돈을 부르고 안 낼 수도 없었다. 많은 사람들 앞에서 하는 약속이었고, 선생님으로서 또 한국인으로서 비춰지는 이미지를 망가트릴 수는 없는 노릇이었다. 그전에 만약 우리 중 한 명이 불리면 반반 부담하자고 완짱과 합의를 해서 다행히 욕먹지 않을 정도의 금액을 부를 수 있었다. 재빨리 다른 사람에게 마이크를 넘겼다. 기부자에게는 케이크를 먹여 준다. 괜히 돈을 뺏긴 듯한 기분이 들었지만 '아니다! 나는 자발적으로 기부한 것이다!'라고 생각을 바꾸었다.

기억에 남는 기부자가 있었다. 마이크를 잡은 사람은 학교 식당에서 일하는 사람이었다. "저는 0원을 기부합니다. 왜냐하면 나는 매일 맛있는 음식을 저렴한 금액으로 선생님과 학생에게 지원을 하기 때문입니다." 했다. 제일 큰 박수를 받았다. 기부를 하지 않아도 당당했다. 멋진 자신감과 지혜에 감탄했다.

졸업식의 하이라이트. 졸업장 수여식이다. 한 명씩 이름을 부르는데 100명에 가까운 졸업생들을 언제 다하나 싶었지만 생각보다 금방 했다. 단체 사진을 찍고 나서야 졸업식은 끝이 났다.

한국처럼 교장 선생님 훈화 말씀만 듣고 졸업장만 받고 집에 가는 것과는 달랐다. 아침부터 모여서 재학생들의 공연과 여러 공연들을 보고, 졸업생과 재학생, 선생님과 부모님 모두 함께 밥도 먹었다.

서로를 위한 마음 때문이었을까.
따뜻함을 넘어 더웠던 졸업식이었다.

◆ 여느 졸업식 풍경
버스에 내려서 놀랐다. 누가 봐도 오늘 졸업식이라는 것을 알 것 같다. 한국과는 다를 게 없는.

◆ 뜨거웠던 졸업식
많은 사람들이 모였다. 제자, 아들딸, 학교 선후배들이 졸업을 축하해주기 위해서.

탄자니아에서 분필을 들다

◆ 슥삭슥삭
갑자기 나에게 다가와 말을 걸던 나스라. 한국말을 잘하길래 한 번 적어보라고 했다.

◆ 졸업했어요
한껏 멋부린 나스라가 동생들과 함
께 사진을 찍고 있다.

방학식
....

◆ 언제 시작하지?
아이들의 표정을 보니 무언가를 기다리다 지친 기색이 역력하다. 무엇을 기다린 것일까?

출근하며 만난 학생들. 학교 가는 발걸음이 오늘따라 유난히 가벼워 보인다. 방학식이라는 것을 아는 걸까? 오늘은 학교 일정상으로 공식적인 방학이다. 그런데 방학을 해도 여전히 학교에 오는 학생들이 있다. 보충 수업을 듣기 위해서다. 학생은 돈을 낼 수 없으니 학교에서 선생님에게 적당한 임금을 준다. 이 돈을 받기 위해 일부러 보충 수업을 여는 선생님도 있다.

학생들이 모였다. 시작도 안 했는데 학생들은 빨리 끝나기를 기다리는 듯했다. 조회대 앞에는 보통 때와는 달리 선생님들 의자도 준비되었다. 더 중요한 행사라는 의미다. 방학식이 시작되자 학생부장 이노센트는 몇 명의 이름을 불렀다. 모두 학교 규칙을 어긴 학생들이다. 핸드폰을 가져오는 학생, 싸운 학생, 무단 결석한 학생. 눈에 익은 학생도 있었다. 커닝하다 걸린 학생이었다. 불린 학생들 이유만 들어보면 경찰서에 온 것 같았다. 전교생 앞에 불러 세워서 이렇게 행동하면 안 된다며 본보기를 보여주었다. 심지어 다 보는 앞에서 엎드려 맞기도 했다. 지난번에도 맞고 전교생 앞에서 망신을 당했는데, 또 다시 불려 나온 것이다. 심하다 싶었지만 다른 아이들은 익숙하게 바라보았다.

교장 선생님 훈화가 시작됐다. 여기서도 교장 선생님이 마이크를 잡았다는 것은 거의 끝났다는 의미다. '양말 잘 신고, 구두 잘 닦고, 복장 잘 하고 다녀라, 버스정류장에서 이런저런 장난치지 마라, 다른 학교 학생들과 우리 학교에 오지 마라' 같은 규율에 관한 내용이 주였다. 방학을 어떻게 보내라는 것보다는 하지 말라는 이야기. 상을 주는 것보다는 벌을 주는 모습이 낯설게 다가왔다.

끝나고 집에 가려는데 오늘은 선생님들에게 특별한 점심이 준비된다고 했다. 이번엔 아프리카 타임에 속기 싫어 속으로 1시까지만 기다리겠다고 생각했다. 한쪽에서 다른 선생님들과 이야기를 나누다 보니 시간이 되었다. 여전히 밥 먹을 기미는 보이지 않아 가방을 쌌다. 다른 선생님들이 조금만 더 기다려보라고 했지만 그러고 싶지 않았다. 이날 점심은 2시에 왔다고 들었다. 아프리카 타임, 역시는 역시였다. 시간적인 여유는 있었지만 그날따라 기약 없는 기다림을 할 마음의 여유는 없었다. 조금 걸리더라도 집에서 편하게 먹고 쉬고 싶었다.

가는 길에 철봉에서 놀고 있는 초등학생들이 보였다. 잠깐 브라질에서 배운 철봉 묘기를 선보였다. 꼬마 아이들 눈빛이 바뀌었다. 여기저기서 다른 아이들이 튀어 나와 나를 둘러쌌다. 무언가를 갈구하는 눈빛에 또 다른 묘기를 보여주니 우르르 다들 철봉을 붙잡았다. 따라 하는 모습이 어찌나 귀엽던지, 아프리카 타임에 단호하던 내 모습은 부드럽게 변해있었다.

집으로 돌아가는 발걸음은 우리 모두 빨랐다.
아이들은 방학이라 신나서, 나는 배고파서.

방학식이면 한동안 아이들과 선생님은 보지 못한다. 각자의 위치에서 훈련되어 더 나은 모습으로 보길, 더 나아가 아프리카 타임도 개선되었으면 하고 바랐다.

탄자니아에서 붓필을 들다

◆ 방학이다

흔히 볼 수 있는 방학식 모습이다. 아이들은 빨리 끝내길 기다리고 있다.

◆ 철봉하는 아이들

내가 보여준 묘기를 따라 하는 아이들이다. 스스로도 웃긴지 잡고 힘을 쓰면서도 웃고 있다.

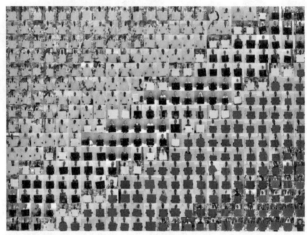

◆ 우리는 탄자니아
모두 384명의 창옴베 학생과 선생님들이 탄자니아를 만들고 있다.

어김없이 그날이 왔다.

이름하여 '우리들 얼굴, 탄자니아' 프로젝트!

아이들 사진으로 탄자니아 국기를 만들었다.

브라질 때 반응이 좋아서 탄자니아에서도 국기를 만들기로 했다. 지난번엔 옷이었지만 이번에는 색깔판이다. 사진 찍을 아이들을 찾아 다녔다. 아쉽게도 방학과 시험이 겹쳐서 내가 맡았던 학생들이 많이 보이지 않았다. 그러다 보니 설명이 필요했다. 몇 번 찍었던 경험에 어디서보다 더 자신 있게 설명했다.

"우리 사진으로 국기를 만들 거다. 우리 모두가 주인공이다!"
머뭇거리는 아이들도 있었지만 일단 마음에 드는 색깔판을 들고 웃으라고 했다. 400명 가까이 되는 학생들. 모두 사진 찍는 것이 쉽지 않다는 것을 알고 있었기에 서둘렀다.

"일단 이거 들고 찍자. 분명 좋아할 거야!"
디보고가 찍은 사진을 확인하더니 색깔판을 든 모습이 죄수 사진처럼 보인다며 웃기기도 했다. 솔직히 나도 부정할 수는 없었다. 그래도 전체를 모아두고 보면 괜찮을 거라며 위로해주었다. 선생님들과 학생들 대부분은 잘 협조해주었다. 사진 찍는 것을 좋아해 두 번 찍는 아이도 있었지만, 이때만큼은 매의 눈이 되어 한 장만 나오게 했다. 도망가는 아이들도 있었다. 예전이라면 상처 받거나 쫓아다니며 사진을 찍자고 졸랐겠지만 그동안 쌓인 내공에 쿨했다. 찍기 싫으면 "오케이, 다음!" 하고 말했다.

학생들과 선생님들 모두 촬영이 끝났다.

아름다운 384명의 웃음으로 탄자니아 국기가 완성됐다. 한국에서 만들어진 현수막 국기는 완짱을 통해 학교로 전달됐다. 완짱이 교무실과 학교에 걸어두고 연락을 했다. "창옴베에서 포토존이 생겼다! 아이들이 모두 좋아한다!"라고 했다. 기뻤다.

사진 속 모습처럼,
탄자니아에 웃음이 번지기를….

◆ **여기다**
아이들이 자기들이 어디 있는지 찾아 보고 있다.

◆ **여기가 포토존**
아이들이 즐거워한다는 말과 함께 보내준 사진이다. 따뜻했다.

Chapter 03

「탄자니아 여행」

◆ 떠나자 잔지바로!
바다를 한 바퀴 돌고, 바람의 힘으로 육지로 돌아가
고 있다.

  잔지바Zanzibar는 탄자니아에서 가장 유명한 섬이다.

  한국에 있는 친구한테 연락이 왔다. 탄자니아로 오겠다고. 갑작스러워
이유를 물어보니 페이스북에서 본 잔지바가 너무 예뻐서 가보고 싶다고 했
다. 잔지바는 많은 여행자가 킬리만자로는 가지 못해도 이곳은 꼭 들르는
핫한 여행지였다.

잔지바는 탄자니아의 보석 같은 장소다.

아프리카 같지 않은 곳. 전쟁터 같은 복잡한 도심이 아닌 조용한 마을, 아프리카 가장 높은 산이 아닌 바다가 있는 섬. 동물을 보느라 먼지로 뿌연 사파리가 아닌 청명한 하늘이 있는 곳, 끝없는 도로와는 정반대의 장소다.

아름다운 해변과 편안한 마을, 순박한 사람들로 긴장하지 않아도 된다. 잔지바에서 많이 가는 곳은 세 구역으로 정리할 수 있다. 북쪽 해변, 능귀Nungwi와 동쪽 해변 파제Paje, 그리고 서쪽 마을 스톤 타운Stone town.

여행자 대부분은 해변에서 여유를 즐기곤 한다. 오가는 날에는 스톤 타운에서 기념품을 사거나 커피 집에서 시간을 보낸다. 아프리카에서 유럽을 느끼고 싶을 땐 스톤 타운이 적당하다. 나는 탄자니아에 살면서 잔지바를 두 번 갔는데, 한 번은 카우치 서핑을, 다른 한 번은 게스트 하우스를 이용했다. 참고로 게스트 하우스는 세금이 별도로 추가되어 인터넷에 나온 요금과는 차이가 있다.

다레살람에 살면 주말을 이용해 다녀올 수 있을 만큼 잔지바는 가깝다. 비행기로 30분, 페리(배)로는 2시간 걸린다. 비행기는 4만 원, 배는 3만 원으로 크게 차이는 없는데, 배로 갈 때 탄자니아 거주민에게는 1만 원에 갈 수 있는 혜택이 있다. 많은 여행자들이 시간과 체력적인 면에서 편한 비행기를 선호한다. 나는 돈을 아끼고 싶기도 했고 또 배를 타보고 싶어서 선택했다. 잔지바는 다른 나라를 여행가는 것처럼 짐과 여권을 확인한다. 페리의 또 다른 단점은 바다 파도가 심해 멀미할 수 있다는 것이다. 승객의 절반이 멀미에 힘들어하고 구토를 하는 사람도 많아, 돌아올 땐 비행기를 추천한다. 내 옆에 있는 사람이 구토를 해서 힘들었던 기억이 있다.

　페리 터미널 바로 옆이 스톤 타운이다. 걸어갈 수 있을 만큼 가깝다. 크지 않아서 하루에 다 볼 수 있다. 밤이 되면 많은 사람들이 야시장에 온다. 야시장에는 잔지바 피자와 문어, 오징어 등 다양한 해산물 구이가 있다. 잔지바 피자는 잔지바에서만 먹을 수 있는데, 한국 빈대떡과 맛이 비슷하다. 안에 무엇을 넣느냐에 따라 맛이 달라진다.
　음식을 사서 한쪽에 자리를 잡는다. 앉아있는 것도 나름 재미가 있다. 앉는 순간부터 고양이들에게 둘러싸인다. 한두 마리가 아니다. 네다섯 마리 넘게 내 주변으로 다가온다. 남은 걸 하나 던져주면 고양이들은 분주해진다. 홈런볼을 잡으려는 사람들처럼 달려든다. 고양이를 다른 쪽으로 보내고 나면 구걸하는 사람들이 온다. 돈이든 먹을 것이든 달라고 한다. 힘겹게 거절하면 다른 사람이 음료수나 다른 음식을 사라며 다가온다. 잘 타일러서 보내면 이번엔 기념품을 파는 사람들이 다가온다. 또 괜찮다며 보낸다. 간단히 간식 하나 먹을 때도 많은 고양이와 사람들의 관심을 받았다.

탄자니아에서 분필을 들다

해가 질 때쯤 밀물에 잔지바 섬의 수면은 높아진다. 사람들이 다이빙을 한다. 처음 봤을 때 깜짝 놀랐다. 전속력으로 내 쪽으로 뛰어 오더니 스쳐 지나갔다. '어? 내 뒤는 분명 바다인데?'하며 돌아보니 그는 이미 공중에 있었다. 한 5미터는 넘어 보이는 절벽이었다. 망설임이 없었다. 몇 초 후, 바다 위로 다시 모습을 드러내고 절벽을 기어 올라왔다. '나도 한 번 뛰어볼까?' 하는 마음이 들 정도로 재미있어 보였다. 그는 또 달려서 몸을 던졌다. 다른 친구들도 따라서 바다로 뛰어들었다. 그곳은 스톤 타운에서 유명한 다이빙 포인트였다.

스톤 타운 거리는 비좁다. 그 비좁은 거리로 자전거와 오토바이들이 쉴 새 없이 지나다닌다. 자연스레 한 박자 쉬어가게 된다. 거리 옆에는 기념품을 파는 곳이 많다. 그림, 조각, 키텡게 천으로 만든 가방과 다른 물건들, 또 옷이나 자석이다. 같은 제품에 가격만 다르다. 여러 군데를 돌아다녀 제일 싼 곳을 찾는 재미도 쏠쏠하다. 탄자니아 거주민에게 10퍼센트 할인해 주는 곳도 있다.

어떤 거리는 원두 볶는 향기와 하수구 악취가 공존한다. 한 걸음 차이로 공기를 즐기기도, 표정이 일그러지기도 한다. 번듯한 건물 옆에는 부서진 건물도 있다. 반대의 조화가 엿보인다. 걷는 사람들도 많다. 현지인 대부분이 여행자들에게 호의적인 편이라 스톤 타운에서는 탄자니아를 느끼기에 좋다.

능귀나 파제는 잔지바에서 인도양을 느낄 수 있는 대표적인 해변이다. 인도양은 다른 바다와는 달리 에메랄드빛이 진하다. 능귀는 대중교통으로 한 번에 갈 수 있지만 파제는 한 번 갈아타야 한다. 그게 귀찮다면 택시를 타야 하는데 시세는 한국 돈 평균 5만 원이다.

능귀나 다른 북쪽 해변은 바람이 세다. 그 힘을 이용해 서핑하는 카야트 서핑 장소로 유명하다. 또 밀물과 썰물의 물 높이 차이를 이용한 식당도 있다. 썰물 때는 멋진 바닷길을 걸을 수 있고, 밀물 때는 바다 한가운데에 있는 느낌을 주는 식당이다. 다시 떠올려봐도 행복한 웃음이 지어진다. 갈 때 어떻게 가야 하나 당황할 수 있는데 식당에는 배가 준비되어 있다. 두 군데 모두 하루 만에 다녀올 수도 있는데, 여유가 있다면 하루 정도는 머무르며 일출과 일몰을 감상해보는 것을 추천한다.

시내에는 여행사가 많다. 여행사에선 배와 가이드를 고용해 잔지바 주변을 투어하게 한다. 가장 싸게 다녀올 수 있는 프리즌 아일랜드는 예전에 노예를 가뒀던 섬이다. 감옥이 아직도 남아있어 역사적으로 의미가 있다. 현재는 거북이섬으로 더 유명한데, 사람보다도 큰 거북이들이 100마리 넘게 있어 관광객들이 많이 찾는 곳이다.

다른 투어는 블루 사파리와 사파리 블루가 있다. 이 둘은 바다를 돌아다니며 여러 장소에서 스노클링을 하는 일정이다. 잔지바에서 가장 유명한 여행 상품이기도 하다. 이 둘에 가장 큰 차이는 가격인데, 하나는 가짜고 하나는 진짜다. 쉽게 말해 싼 게 가짜고 비싼 게 진짜다. 처음에 이 투어는 유럽 사람이 만들었는데 반응이 좋아서 현지 사람이 모방했다고 한다. 가격은 20달러 정도가 차이 나는데 코스와 제공되는 음식들이 비슷하다고 한다. 둘 다 해본 사람은 큰 차이가 없다고 했다. 나도 싼 투어를 해봤는데, 같은 포인트에 가서 수영하고, 먹는 것도 괜찮았으며, 음료수도 무한으로 제공되었다. 만족스러워 두 번 할 정도였다. 그 밖에도 고래 상어를 볼 수 있는 투어와 커피와 각종 향신료들이 만들어지는 것을 볼 수 있는 향신료 투어 등 다양한 여행 상품들이 잔지바를 알차게 만들고 있다.

바쁜 일상을 떠나 즐길 수 있었던 여유.
한국에 와서 생각이 난다.

다레살람에서 그리 멀지 않았던 잔지바,
세계적인 포인트 옆에 살고 있었음에도 그때는 배가 불렀나 보다.
조금 더 해볼 걸, 조금 더 봐둘 걸 하는 생각이 이제서야 든다.

◆ 빽빽한 페리
잔지바로 가는 배. 이름은 킬리만자로 V, 비행기처럼 Class가 나눠져 있다. 사진 찍은 곳은 가장 저렴한 Economy Class.

◆ 오늘의 메뉴는?
탄자니아 야시장에 많은 음식들이 있다. 그중 가장 맛있어 보이는 해산물 구이 집 앞에서.

탄자니아에서 분필을 들다

◆ **거리 소녀**
탄자니아에 흔한 골목이다. 실제로 사람들이 사는 곳이다. 카메라를 보고 있는 작은 소녀는 두 번째 방문 때도 만났다.

◆ **쉬는 자전거**
좁은 거리를 다닐 때는 자전거가 최고다. 앞에 바구니까지 있다면 다른 어떤 좋은 차가 부럽지 않다.

◆ 스톤 타운
쉽게 볼 수 있는 거리다. 아프리카에서 유럽을 느낄 수 있는 곳.

◆ 그림 전시회
스톤 타운의 골목이다. 그림들과 여러 기념품들이 많다. 골목 끝에 있는 집은 처음 왔을 때 카우치
서핑으로 머물렀던 곳이다.

탄자니아에서 분필을 들다

◆ 잔지바 달라달라

여전히 붐볐고, 혹시 하고 내민 교직원 ID카드는 역시 통하지 않는다.

◆ 손님 대기 중

잔지바 해변에는 배가 항상 대기 중이다. 가까운 섬을 가기도 하고 바다를 돌며 돌고래나 고래상어를 보기도 한다.

◆ 새로운 곳으로 가는 길

블루 사파리 투어의 출발은 배를 타는 것부터다. 쉽지는 않다. 바다 중간까지 걸어 가야 한다.

◆ 사라지는 섬

밀물과 썰물에 의해 생겼다 사라졌다 하는 섬이다. 그곳에서 스노클링을 하고 선탠을 하고 피크닉도 즐긴다. 잠시 동안만.

◆ **사라지고 나면**

섬이 사라지고 나서 수영을 하는 것처럼 보이지만, 다른 곳으로 이동해서 스노클링을 하는 모습이다. 바닷속에는 놀라운 풍경이 숨겨져 있다.

◆ **오늘 점심!**

역시 바다라 해산물이 풍부하다. 점심 메뉴는 랍스터, 새우, 오징어, 문어. 오늘은 해산물 파티다!

◆ 바다 위 레스토랑
어쩔 땐 바다 위, 어쩔 땐 해변 위, 'The Rock' 레스토랑이다. 바위 위에 지어서 붙여진 이름으로
추측한다. 특이한 풍경이라 그런지 가격은 비싼 편이다.

◆ 잔지바 시골 마을
한 시골 마을에 흔한 풍경이다. 아이들이 많고, 함께 일을 한다.

탄자니아에서 분필을 들다

아프리카 지붕, 킬리만자로

◆ **킬리만자로 모자**
모자처럼 생겼다. 아프리카 대륙에서 가장 높은 산이니 모자라고 해도 되겠다. 탄자니아 사람들은
뒷산으로 생각하는….

생각할 때마다 깊은 숨이 나오는 킬리만자로 Kilimanjaro,

그 이야기를 시작해본다.

킬리만자로를 다녀온 지는 꽤 오래전이지만 아직도 생생하다. 차가운 바

람이 얼굴을 스칠 때 떠오르는 한 장면. 캄캄한 어둠 속에서 오직 헤드 랜턴 불빛에 의지하며 오르던 오르막. 힘들어 잠깐 쉬며 허리를 펴는데 그때 지나간 바람. 차갑고 무서웠다.

킬리만자로는 5,895m로 아프리카에서 가장 높은 산이다. 참고로 케냐에 있는 케냐 마운틴은 5,199m로 아프리카에서 두 번째로 높고, 등산하는 가격이 절반으로 싸지만 가는 사람이 드물다. 다른 나라 사람들도 두 번째는 기억하지 않는 듯했다.

킬리만자로 정상 능선에는 길만 포인트Gilman's Point 5,685m, 스텔라 포인트 Stella Point 5,756m, 우후루 피크Uhuru Peak 5,895m가 있다. 당연히 이번 등산의 목표는 가장 높은 곳, 우후루 피크였다.

킬리만자로는 하루 만에 오를 수 없다. 최소 3박 4일이 필요하다. 많은 사람들은 고산에 적응하는 시간을 포함해서 5박 6일, 때로는 그 이상을 투자한다. 모두 7개 루트가 있다. 나는 그중, 마차메Machame 루트를 선택했다. 사실 선택권이 없었다. 공항에서 만난 미국인이 모든 걸 결정했는데, 이 친구와 동행하기로 했을 때부터 모든 걸 맡겼다. 만남도 예사롭지 않았다. 비행기를 기다리는 중에 등산화를 들고 있는 사람이 눈에 띄었다. 잡다한 안부 인사를 생략하고 건넨 말은 "혹시, 킬리만자로를 가세요?"였다. 그는 맞다고 했고 우리는 그렇게 동행하게 되었다. 그 친구 이름은 막Mark 이다. 막은 온라인으로 예약을 해서 따라가기만 하면 됐다. 알고 보니 막이 예약한 여행사는 다른 곳보다 많이 싼 편이었다. 출발이 좋았다. 킬리만자로를 등반하기 위해서는 가까운 마을로 가야 한다. 그 마을이 아루샤나 모시다.

탄자니아에 도착하자마자 우리는 바로 모시로 갔다. 만약 막을 만나지 못했다면 혼자 가서 예약을 해야 했을 것이다. 또 여러 군데 돌아다니고 가격 비교를 하느라 시간을 보냈을 것이다. 참고로 가이드 없이는 등반이 불가능하기 때문에 여행사를 통하든, 개인적으로 알아보든 구해야 했다. 운이 좋았다. 막 덕분에 이런 시간들을 줄였으니 말이다. 또 여행사에 따라 옷이나 등반 장비들을 빌려주기도 하는데, 추가 요금이 있는지 확인이 필요하다. 괜찮은 옷도 많다. 막은 빌린 옷이 마음에 들었는지 30달러를 주고 캐나다 구스를 구매하기도 했다.

킬리만자로 입장료만 710달러(2018년 기준)다. 모든 비용을 내고 마지막으로 점검했다. 나와 막 그리고 네덜란드 사람 2명이 이번 킬리만자로 정복팀이었다. 마차메 입구 고도는 2,000m다. 우리나라에서 가장 높은 한라산(1,950m)에 비교해보니 이미 나는 대한민국 위에 있었다.

'여기가 킬리만자로구나!'

가슴이 설렜다. 어느 흐린 7월이었다. 이 시기는 탄자니아는 겨울이다. 한국만큼 춥지는 않아 괜찮다. 등산을 시작하면 땀에 흠뻑 젖기 때문에 반팔을 입게 된다. 이제 모두 준비됐다.

드디어 출발! 달에 첫발을 내디딘 것이 인류의 역사에 남아있듯, 킬리만자로의 첫발은 내 역사에 남았다.

첫날 밟았던 땅은 딱 봐도 비옥했다. 그냥 고동색이 아니라 윤기가 흐르는 광택이 있는 고동색이었다. 높은 나무들 아래는 이끼가 빼곡했다. 이날은 3,000m에서 멈췄다. 이미 텐트는 준비되어 있었다. 자는 곳은 이쪽이라며 안내해준 곳은 아늑했다. 매트리스도 있고, 담요도 펴져 있었다. 잘 수는 있을 것 같았다. 들어가서 땀에 젖은 옷을 갈아입었다. 나와보니 자그마한 대야에 따뜻한 물이 있었다. 씻으라고 준 물이었다. 막이 손을 씻으니 물은 까만 색이 되었다. 그 물을 손과 얼굴에 묻힐 수 없었다. 내 표정을 본 가이드는 웃으며 다시 준비해줬다. 달콤한 냄새가 나는 곳은 식당 텐트였다. 들어가보니 팝콘이 있었다. 안 그래도 팝콘을 좋아하는데 산속에서먹는 팝콘이라니, 더 맛있었다. 다른 동행들도 그랬나 보다. 정신 없이 먹었다. 금방 없어져 또 달라고 하려던 참에 저녁이 나왔다. 스프가 나오고, 메인 요리가 나오고, 과일도 나왔다. 나름 코스 요리였다. 산 위에서 코스 요리라니 신기할 뿐이었다. 맛도 있었다. 다 먹고 나니 시간은 7시 정도. 가이드가 다음날 일정을 말해줬다.

다음날 아침 7시에 출발해 3,700m로 간다고 했다. 아무 생각이 없었던것 같다. 그 높이가 높은지 낮은지 조차. 겁도 없이 빨리 5,000m 이상으로가고 싶을 뿐이었다. 겁이 없었다. '그나저나 자기 전까지 뭐하지?' 이렇게나시간이 많이 있다니 예상하지 못했다. 산속이라 할 것도 없고, 일단 누웠다. 걱정했던 게 무색할 만큼 막과 나는 바로 곯아 떨어져 가이드 목소리에 일어나게 되었다.

아침 하늘은 맑았다. 처음으로 킬리만자로 정상을 보았다. 나무 사이로 보이는 하얀 꼭대기. 가슴이 뛰었다. 흥분됐다. 모시에 도착해서부터 날씨가 흐려 보지 못하던 것을 드디어 직접 눈으로 봐서 그랬던 것 같다.

'내가 저곳을 가는 구나, 너무 높아서 4일이나 걸리는 곳이 바로 저기구나!'

텐트 사이에 있는 돌길로 올라갔다. 주변 환경이 변했다. 어느 순간부터 옆에 있는 나무들은 작아졌고, 커다란 나무에 가리어 잘 보이지 않던 하늘도 보이기 시작했다. 윤기 나던 고동색 흙도 말라서 갈색으로 변해 있었다. 마른 흙에 먼지가 나는 곳도 있었고 돌을 짚고 오르기도 했다. 흐리던 하늘은 언제부턴가 파랬고, 아래에는 구름이 끝없이 펼쳐져 있었다. 바다는 수평선, 땅은 지평선이니 구름을 운평선이라고 한다면 나는 운평선 위에 있었다. 캠핑장에 도착했을 땐 나무는 거의 보이지 않고 흙과 돌만 있었다. 바람을 막아줄 나무들이 없다 보니 그나마 있는 나무도 바람 방향으로 휘어져 자랐다. 또 다시 걱정이 스멀스멀 피어올랐다.

'바람이 센데 춥진 않을까? 잠은 제대로 잘 수 있을까?'

이곳에서 해질녘 바라본 풍경이 아직도 선명하다. 탁 트인 전경과 구름 위로 올라와 있는 다른 산봉우리, 낮과 밤의 공존, 밝은 노란색부터 짙은 파란색까지, 그 배경으로 그림자가 되어 찍는 사진은 SNS에 영원히 프사가 될 것 같았다. 이날 밤 역시 눕자마자 곯아 떨어졌다. 물을 많이 마셔서 그런지 중간에 깼다. 고민했다. 추위를 뚫고 갈 것이냐 아니면 참고 잘 것이냐, 결국 옷을 껴입고 나올 수밖에 없었다. 킬리만자로 새벽은 고요했다. 까만 하늘에 별들만 빛나고 있었다. 정신 없이 감탄하는데 갑자기 별들이 흔들렸다. 추워서 몸이 떨렸던 것이다. 바로 텐트로 들어갔다.

아침은 또 다른 멋이 있었다. 셋째 날은 4,300m나 되는 언덕을 넘어 3,900m에 있는 베이스캠프로 가는 일정이다. 여기부터 나무는 보이지 않았다. 주변엔 바위와 깨진 돌 뿐이었다. 아래에서 보던 고요한 킬리만자로가 아니었다.

이날부터 고산병이 왔다. 시작은 두통이었다. 반팔 차림으로 차가운 공기에 있다 보니 단순히 감기에 걸린 거로 생각했다. 가이드는 고산병 초기 증상이라며 물을 많이 마시라고 했고, 원하면 약을 주겠다고 했다. 약을 먹지 않고 버티다가 결국 두 개나 먹게 됐다. 4,300m에서 쉬면서 상태에 따라 4,600m 포인트를 찍고 오기도 하지만, 아쉽게도 우리는 거기까지 갈 시간과 체력이 부족해 그냥 지나쳤다. 고산병에 두통이 심해졌다.

'정상까지 갈 수 있겠지?'

세 번째 베이스캠프는 협곡에 있었다. 이곳은 산사태가 일어나는 중에 정지 버튼을 누른 것처럼 위에 있는 돌과 모래들이 아슬아슬해 보였다. 아래는 끝이 까마득한 절벽이었다. 언제 산사태가 일어나도 이상할 건 없어 보였다. 두통과 씨름하며 그날 밤을 보내고 아침이 왔다. 세 번밖에 안 잤는데 한 일주일은 등산을 한 듯 지겹다고 느끼는 날이었다.

넷째 날은 롤러코스터처럼 올라갔다 내려갔다를 반복하는 구간이 많았다. 멀리 보이는 꼭대기와 내가 서 있는 곳에 다리가 연결되어 있으면 하고 생각한 게 몇 번인지 모르겠다. 정상 전에 마지막 베이스캠프에 도착했다. 해발 4,900m다. 여기까지 오는 것도 쉽지 않았다. 막은 고산병 증세가 심해져 하산하게 되었다. 생명보다 귀한 것은 없다며 내려가는 모습이 쿨했다. 이제 나와 네덜란드인 두 명만 남았다. 5시 정도에 도착해 저녁을 먹고 쉬다가 자정부터 정상 등반을 시작하는 일정이다. 마지막 등반이 시작됐다. 이날 '최고봉을 정복한다. 어떻게든 성공하리라' 하는 각오와 함께 시작했다. 캄캄한 밤에 헤드 랜턴 불빛에 의지해야 한다. 먼저 출발한 팀들의 불빛이 앞에 보였다. 가파른 경사에 일자로 올라갈 수 없고 지그재그를 그리며 올라가야 했다. 모래 바닥에 발이 푹푹 빠졌다. 숨이 차 잠시 멈췄다. 차가운 바람은 칼처럼 날카로웠다. 올라가면서 났던 땀은 금세 말랐다. 얼굴 피부는 차가워졌고 장갑이 없었다면 밖으로 손을 꺼낼 수도 없을 만큼 추웠다. 많이 껴입어서 답답해도 얼어 죽지 않으려면 어쩔 수 없었다. 눈만 내놓을 수 있는 모자를 썼다. 한겨울에 오토바이를 타고 배달하던 시절, 그때 맞던 매서운 바람이었다.

올려다 보던 봉우리는 어느덧 같은 눈높이에 있었고, 심지어 어떤 별은 시선 아래에 있었다. 별이 아래에 있다니 우주에서나 가능할 법한 일이었다. 다시 앞사람이 저만치 멀어졌다. 이런저런 생각을 할 여유가 없었다. 앞사람이 멀어지면 안 됐다. 더 이상 뒤쳐지면 안 됐다. 걸어야 했다. 다섯 걸음 걷고 쉬고 다시 다섯 걸음, 조금씩 걸었다. 속이 쓰려왔다. 구토를 했다. 먹은 음식이 없었는데도 구토가 나왔다. 위액과 물이었다. 괜히 토했다고 말하면 내려가라고 할 것 같아서 최대한 티 안 나게 하고 말도 안 했다. 머리도 아프고 배도 아프고 다리에 힘이 빠졌다. 그래도 포기하고 싶지 않았다. 걸었다. 아주 천천히. 한 걸음씩 움직였다. 경사가 완만해지는 것 같았다. 고개를 드니 길 끝에 나무 표지판이 보였다.

'저긴가?' 마지막 힘을 다해 걸었다. 젖 먹던 힘까지라는 표현이 적절했다. 겨우 도착했다. 주저앉았다. 그곳은 스텔라 포인트였다. '어쩐지 사람들이 많이 없더라.' 끝이라고 생각해서 더 움직일 힘이 없었다. 앉아서 거친 숨만 내쉴 뿐이었다. 사람들은 100m만 가면 우후루 피크라고 격려해 주었다. 천천히 머리로 생각해보았다.

'100m, 얼마 안 되네. 뛰어서 대충 15초, 아무리 걸어도 1분이면 되겠지? 그래, 걷자! 가서 쉬자!'

하지만 1분이 지나도, 10분이 지나도 우후루 피크는 보이지 않았다. '100m가 이렇게 길었나? 사람들이 거짓말한 건가?'

짜증이 났다. 주저앉았다. 나를 따라오던 가이드는 옆에서 기다렸다. 신경 쓰여 먼저 가라고 했다. 당연히 가이드는 나를 혼자 두지 않았다. 조금 쉬겠다며 엎드렸다. 자고 싶었다. 정신이 혼미해졌다. 가이드는 나를 깨웠다. 학교 가라며 어머니가 깨우던 고등학생 시절이 떠올랐다. 그때처럼 "오분만!" 하고 말했다. 그래도 깨우는 가이드에게 목소리를 높였다. 짜증도 내고 화도 냈다. 왜 그랬는지 모르겠는데, 피곤할 때 옆에서 누가 귀찮게 하면 나오는 반응이었던 것 같다. 나중은 생각하지도 않은 채 소리를 고래고래 질렀다. 이 증상도 고산병이라고 한다. 사고 능력이 저하돼 짜증내고 화내는 것. 가이드는 당황하지 않고 매뉴얼 대로 대응했다. 나중에 들은 이야기인데 그때 화를 내는 모습에 가이드는 안심이 되었다며, 만약 아무런 반응이 없었다면 위험한 상황으로 생각해 헬기를 불렀을 거라고 했다.

우후루 피크까지는 스텔라 포인트에서 고도 차이가 100m였고, 걸어서는 1km였다. 사람들 말이 거짓말은 아니었다. 겨우겨우 도착했다. 정말 겨우. 드디어 정상이었다. 여유? 감성? 그런 건 필요 없었다. 사치였다. 머리 속엔 온통 '남겨야 한다'는 사진 한 장뿐이었다. 사진 찍고 확인도 하지 않은 채 바로 내려가는 길을 걸었다. 목표도 달성했으니 지긋지긋한 고산병에서 한 시라도 빨리 벗어나고 싶었다.

흐릿한 시야와 벅찬 숨 사이로 주변이 보였다. 강한 햇빛, 맑은 하늘, 회색 모래 그리고 빙산… 나보다 높이 있는 건 없었다. 밤 12시에 출발해서 8시에 도착, 8시간 만에 정상에 도착. 그렇게 도착한 곳에서 사진만 찍고 내려오는 길, 입가에 웃음이 지어졌다. 그동안의 고생이 스쳤다. 뿌듯했다. 이곳엔 미세 먼지는 고사하고 공기마저 없는 것 같았다. 아래는 구름만 보이고, 저 멀리는 우주까지 보이는 듯했다. 즐거웠다. 행복했다.

내려오는 길도 만만치 않았다. 푹푹 꺼지는 모래, 그 모래는 신발로 들어가고 나도 같이 빨려 들어가는 것 같았다. 이리저리 넘어지며 내려왔다. 다른 포터들의 도움을 받고서야 겨우 베이스캠프에 돌아왔다. 무사 등반 성공이다! 긴장이 풀렸다. 한숨 잤다. 일어났을 땐 두통이 사라져 있었다. 어느 정도 적응이 되었단 뜻이다. 다시 올라갈 수도 있을 것 같았다.

'참 빨리도 적응한다!'

이제는 내려가야 할 때다. 마지막 날은 3,100m에서 머물렀다. 킬리만자로에서 마지막 밤이 될지도 모른다는 생각에 아쉽게만 느껴졌다. 보이지 않을 때까지, 몇 번이나 뒤를 돌아볼 정도로 아쉬웠나 보다.

우여곡절 끝에 킬리만자로 등반에 성공했다.

고산병의 무서움을 알았다.

내 밑바닥을 보았다.

내 한계를 경험했다. 체력적으로도, 정신적으로도.

'여기서 올라가는 사람 반, 내려가는 사람 반'이라는 어느 책 속에 있었던 한 문장, 그 문장이 '나는 어떨까?' 스스로를 시험해보고 싶은 마음에 시작했던 등산. 성공했지만 너무나 힘들었다. 평생 잊을 수 없는 등산이 될 것이다.

◆ 킬리만자로 입구

장엄하다. 내가 킬리만자로에 서 있었다. 입구 표지판 하나만으로도 압도당했던….

◆ 힘찬 출발

출발한 지 얼마 안 됐다. 높은 나무와 윤기 나는 고동색 흙. 우리의 짐과 식량을 책임지는 포터, 안쓰러운 눈에서 존경스런 눈으로 바뀌었던.

◆ 오늘 하루

캠핑이다. 힘들게 올라간 곳엔 텐트가 쳐져 있었다. 오늘 밤은 이곳에서 잔다. 흐려서 정상은 보이지 않았다.

◆ 감격의 순간

도착했던 첫 번째 캠프다. 이때까지는 멀쩡했다. 빨리 올라가고 싶을 뿐이었다.

◆ **암벽 타기!**
종종 험한 곳이 있다. 발 네 개가 필요한 곳. 동행했던 네덜란드 친구와 그 뒤로는 우리 포터들.

◆ **마지막 오르막과 하아!**
이 오르막만 오르면 두 번째 캠프가 나온다. 꼭대기에 올라 잠깐 쉬면서 가이드 데니스와 함께 아직도 많이 남았다며 '나홀로 집에' 포즈를 지어봤다.

◆ 난민촌?

흡사 난민촌 같다. 어느덧 커다란 나무들은 사라졌다. 이제는 다른 풍경.

◆ 구름 위를 걷다

땅 위는 흐리고 산 위는 맑다. 나는 운평선을 뚫고 서 있다. 멀리 보이는 산은 메루 피크(약4,600m)

◆ 킬리만자로 정복을 위해
조금만 가면 될 것 같은데 줄어들지 않는 거리.

◆ 인생
정상을 가려면 마냥 올라가는 건 아니다. 내리막도 있고 오르막도 있다. 이런 점이 인생과 비슷하다고 한다. 여기서 저기까지 다리로 연결되어 평평하다면 인생은 재미없겠지?

탄자니아에서 분필을 들다

◆ 희망

머리는 어질하다. 다리엔 힘이 없다. 가슴은 공기가 가득 찬 것처럼 빵빵한데, 숨이 쉬어지지 않았다. 몇 걸음만 더.

◆ 킬리만자로 정상과 그 후

일부러 눈 감은 게 아니라 힘들어서 눈이 감긴 거다. 결국 두 명의 도움을 받고 내려왔다.

◆ 마지막까지 / 개운하게

마지막 짐을 옮기고 이제 땀을 씻어내자. 개운하다. 저 근육은 보통 근육이 아니었다.

◆ 성취감

아프리카 지붕을 정복하고 오
는 이 성취감이란.

탄자니아에서 붓펜을 들다

도심의 오아시스, 음부디아

◆ 파란날
죽은 나무는 좋은 사진 포인트가 된다.

잠시 일상을 떠날 수 있는 곳.

음부디아Mbudya는 해변을 즐기기도 좋지만 캠핑 장소로 더 유명하다. 밤
에는 코코넛 크랩도 잡을 수 있어 많은 사람들이 온다. 섬이 작아 한 번에
다 볼 수 있다. 섬에 도착하면 입장료와 자릿세를 내야 한다. 처음에는 이
정보를 몰라서 사람들이 그냥 재미삼아 돈을 요구하는 것 같아 신경전을

벌이기도 했다. 입장료는 한 사람당 만 원 정도다.

섬 안 쪽은 야자수들이 빼곡하다. 사람들은 주변 바다에서 수영하고 해변에서 선탠하며 여유를 즐긴다. 두 시간 동안 큰 배를 타고 가야 하는 잔지바와는 달리 가까운 곳에 있는 음부디아는 작은 배로 20분도 채 걸리지 않는다. 바다 색깔은 잔지바와 차이가 없지만 배경이 다르다. 해변에 누워서 바다를 바라보고 있으면 내가 정말 휴가를 왔는지 하는 오묘한 느낌도 든다. 도시 속에 있는 것 같으면서도 멀리 온 휴가 같은 두 가지 기분을 느낄 수 있다.

가는 배는 많다. 해변 근처에 있는 호텔에서 왕복 배표를 살 수 있다. 표 파는 곳도 많다. 배가 있는 사람이 개인적으로 태워주기도 한다. 음부디아 섬은 배 타기 전부터 보인다. 수영해서 갈 수 있을 거 같기도 하다. 따로 선착장이 없어 해변과 가까이 배를 대주는 것이 허술해 보인다. 내릴 땐 옷이 젖을 수밖에 없다. 이 때부터가 물놀이 시작이다. 어디에 자리 잡을까 하며 둘러보는데 한 사람이 이리로 오라는 손짓을 했다. 사복 입은 공무원이었다. 다짜고짜 허름한 책상 위에 있는 가격표를 들이민다. 사기치는 거 같았는데 모든 사람들이 내는 모습을 보고 의심을 거뒀다. 카드로도 낼 수 있는 것이 신기하기도 했다. 그렇게 허가증을 받고 텐트 칠 사람은 알아서 치고, 당일로 여행하는 사람들은 마음에 드는 테이블에 앉아서 쉴 수 있다. 테이블은 자릿세를 내거나 적당한 음식을 시킨다면 이용이 가능하다.

파란 해변과 하얀 모래, 거기에 죽은 나무까지 있으면 괜찮은 사진 명소가 된다. 깊고 빠른 해류에 위험하다는 표지판도 우리에겐 좋은 사진 포인트다. 빠른 물살에 물속은 깨끗하지 않다. 그래도 스노클링을 하며 보는 바닷속은 언제나 신기하다. 물고기들처럼 바닷속을 날아다니다가, 바다 위에선 신나게 수영하고 해변에 나오면, 햇볕이 우리를 감싸주었다. 아주 가벼운 이불을 덮고 있는 듯 따뜻했다. 젖고 마르고를 반복하며 여유로운 시간을 보냈다. 적은 노력과 비용에 비해 마음이 더 풍족해지는 가성비 좋은 여행이다.

돌아갈 때도 배를 탄다. 보트는 왔던 길로 똑같이 가는데 썰물 때문에 물이 빠져 해변에서 조금 멀리 떨어진 곳에서 내려준다. 무릎 높이까지 오는 바다를 걸으면 마치 바다 위를 걷는 듯 한 느낌이 들었다. 바쁜 일상 가운데 멀리 갈 수는 없었다. 음부디아는 잠시나마 콧바람을 쐴 수 있도록 해주었다. 덕분에 지쳤던 몸과 마음은 따뜻한 햇빛에 노곤해졌고, 시원한 바람에 피로는 날아갔다. 이제 다시 치열한 곳으로 돌아가기까지 20분 남았다. 전과 달라진 것은 없겠지만 확실히 내 마음이 달라져 있었다.

한 걸음 뒤에서 볼 수 있었다. 보다 더 여유롭게.
도로 위 경찰들을 보면서,
나에게 돈을 원하는 사람들을 대하면서,
웃음을 잃지 않았다.

◆ 야자수들

바다 위에서 바라본 해변, 야자수와 파라솔 때문에 사람들이 많이 오는 유명한 곳으로 여행 온 것 같다.

◆ 보물섬 발견

파란 바다는 보기만 해도 시원하다. 짜지도 쓰지도 않을 것처럼 시원한 파란색이다. 저 멀리 보이는 곳이 음부디아다.

탄자니아에서 분필을 들다

◆ 하나의 공으로 하나된 사람들

축구공 하나만 있으면 그곳은 축구장이 된다. 하나의 공 아래 모두는 평등했다. 어른이나 아이나 여자나 남자나.

◆ 함께 노실래요?

바오밥나무를 배경으로, 젊은 청년들이 쉬고 있는 여자에게 말을 걸고 있다.

깜짝 이벤트, 미쿠미

◆ 표지판
자연사한 동물 뼈는 좋은 장식품이 되곤 한다. 미쿠미 국립공원.

TV에서 보던 초원,

기대하지 않아서 좋았던 곳.

탄자니아에는 잘 알려진 곳과 알려지지 않은 곳까지 합치면 많은 국립공원이 있다. 한 번이라도 들어본 국립공원이라면 가격에 당황할 수 있다. 킬리만자로와 세렝게티가 대표적이다. 미쿠미Mikumi는 유명하지 않은 곳이라 그런지 저렴한 편이었다. 하지만 다레살람에서 300km 정도 떨어져 있는 미쿠미는 이동하는 데만 하루를 잡아야 한다. 물론 하루에 다녀올 수는 있지만, 그러려면 새벽에 출발해서 저녁 늦게 돌아와야 하고, 동물 보는 시간이 짧아지는 것을 감내해야 한다.

아프리카를 여행하는 사람들이 기대하는 하나는 바로 동물을 보는 것이다. 넓은 초원에서 사자나 표범, 기린 같은 동물들이 뛰어다니는 모습을 상상한다. 나도 미쿠미는 몰랐던 곳이었다. 완짱이 '미쿠미, 미쿠미'를 말해서 그렇게 한 번 들어본 장소였다. 우연한 장소에서 예전부터 상상했던 아프리카의 모습을 눈에 담게 되었다. 미쿠미는 여행사를 통해서 300달러(2018년 기준)정도로, 시간은 부족하고 그래도 동물은 보고 싶은 사람들이 많이 간다고 했다.

어느 날, 교회에서 단체로 미쿠미를 간다고 했다. 버스를 대절하니 초저가였다. 그 당시 나는 딱히 동물에 흥미가 없었다. 교회 소식을 완짱에게 말하니 그 가격에 미쿠미를 가는 거면 괜찮은 거라고 했다. 그 말에 솔깃해졌다. 월 화 일정이라 문제는 수업이었다. 마침 교무 부장님이 나를 불렀다. "지금은 교생이 오는 시기다. 교생한테 수업을 줘야 하는데, 적당한 수업 시수가 없다" 하며 내 수업을 맡겨도 되냐는 것이었다. 그렇게 있던 수업을 맡기고 미쿠미에 가기로 했다. 걱정하던 것들이 사라져 하늘이 준 시기라는 생각에 주저하지 않고 가기로 결정했다.

한 7시간 정도 달렸나? 빽빽하던 도시를 벗어나 도로는 한적했고, 커다란 건물은 보이지 않았다. 나무와 풀들 그리고 임팔라들만 있을 뿐이었다. 미쿠미에 가까워졌다. 다음날 표를 미리 구입해서 빨리 들어가려고 미쿠미에 들렸다. 당일 입장권만 들어갈 수 있다는 말에 걸음을 돌릴 수밖에 없었다. 아침 일찍 오기로 했다. 새벽부터 움직여야 맹수들을 볼 확률이 높기 때문이다. 맹수들은 해가 뜨면 밝아져 사냥 성공 확률이 낮아지고 뜨거운 햇볕에 사냥을 하기보다 차라리 그늘 아래서 낮잠 자는 걸 선택한다고 했다. 다음날 아침, 식사도 거를 정도로 서둘렀다. 자욱하던 아침 안개가 걷히던 순간, 사파리에 들어갔다. 꽤나 추웠다. 두꺼운 외투를 입어야 할 정도였다. 사파리는 고요했다. 멀리 보이는 나무 아래 부분은 안개에 가려 보이지 않았다. 해가 뜨기 전에 안개와 함께 바라보는 이 풍경이 정확히 내가 생각해오던 아프리카 초원의 모습이었다. 기사는 정해진 코스를 운전하는 모습이 능숙했다. 모여있는 동물들이 보일 때마다 옆에 멈춰 볼 수 있는 시간을 주었다. 임팔라, 얼룩말, 기린, 코끼리들은 일상을 즐기는 듯했다. 물을 먹고, 풀을 뜯는 동물들을 봤다. 동물들도 우리도 여유로웠다. 조용하게, 어떤 움직임도 놓치지 않으려고 모양새와 움직임을 자세하게 바라보았다. 마치 동물 전문가라도 된 것처럼.

이런 시간과 기회, 참 감사했다. 이날은 아쉽게도 사자나 표범 같은 맹수는 보지 못했다. 이곳엔 맹수가 존재하지 않는 것으로 생각할 정도로 너무 평화로워 보였다. 다음날 한 선교사님이 보내준 사진에는 사자가 임팔라를 사냥해서 잡아먹고 있었다. 우리가 갈 때 그렇게 좀 사냥하지 하며 아쉬워했다. 운이 좋다면 생태계의 적자생존 모습을 볼 수 있을 것이다.

미쿠미는 넓었다. 많이 움직여야 했다. 먹을 것이 풍부하고 땅이 넓어서 동물들은 살기 좋을 것 같았다. 미쿠미 안에는 다양한 풍경들도 있었다. 사막같이 말라버린 곳과 푸른 초원 같은 캠핑장도 있어 며칠 동안 머물며 사파리를 즐길 수 있었다. 공원 중간에 있던 커다란 바오밥나무는, 구경하느라 차 안에서 답답해하던 여행자들에게 뛰놀 수 있는 놀이터가 되어 주었다. 몸통을 내어주어 오를 수 있게 하고, 팔을 내주어 그네를 탈 수 있도록 말이다. 무엇보다 가장 좋았던 건 사파리 차 사이로 들어오는 바람이었다. 그 선선한 바람에 모든 복잡한 생각은 날아가고, 여유만 남았던 사파리였다.

큰 기대 하지 않았던 미쿠미.
깜짝 선물이었다.

◆ 경쟁

차를 멈추고 잠깐 내리면 상인들이 과일을 들고 달려온다. 그중에서 가장 싸게 부르는 사람을 선택한다. 웬만한 내공이 없인 버티기 힘들다.

◆ 빛나는 출발

입구에 들어가면 게임 드라이브가 시작이다. 이번엔 어떤 동물을 만나게 될까?

탄자니아에서 분필을 들다

◆ 좋아요!

사파리 직원들이다. 이런저런 이야기를 하고 있었다. 지나가던 완짱에게 사진을 찍어달라고 했다.
포즈 지어 봅시다. 우리 모두 '좋아요!'

◆ 불꽃과 불빛

어느 밤에 캠프 파이어. 뒤 핸드폰 불빛이 별처럼 보인다. 별빛과 불빛이 어두운 밤을 밝히 밝히고
있다.

◆ 아프리카 초원

멀리 있는 얼마 없는 나무들과 뜬 지 얼마 안 된 태양의 아름다운 조합. 내가 생각해오던 아프리카 초원의 모습이다.

◆ 코끼리다

이렇게 코끼리를 가까이에서 보다니, 어머! 이건 남겨야 해!

◆ 흔한 풍경
어디를 돌려도 동물들이 있다. 목이 긴 기린에게도 못 먹는 나뭇잎들이 있다.

◆ 초원을 가로질러
차가 얼마나 다녔는지 길이 만들어졌다. 풀이 하나도 자라지 않을 정도로. 그렇게 우리는 초원의
중심을 가로질렀다.

◆ 거리 위 장사꾼

탄자니아 거리 위에서는 제철 과일을 쉽게 볼 수 있다. 시골은 더 싸게 살 수 있다. 토마토 한 바구니는 한국 돈 이천 원.

◆ 돌아가는 길

돌아가는 길이 아쉬워 이것저것 기념품을 둘러본다. 때로는 충동 구매가 거리를 빛나게 한다.

◆ **점프 대결**
마사이마라 사람들은 관광객과 점프 대결을 한다. 막대기를 들고 점프를 하는 것이 그들만의 환영 방식이다.

잊지 못할 사파리.

그동안 했던 사파리 중 가장 기억에 남는다. 동물들을 가장 밀도 있게 봤고, 그 어디서도 볼 수 없던 풍경이었다. 아루샤나 모시 주변에는 국립공원이 많다. 타랑기레Tarangire와 응고롱고로Ngorongoro도 그중 하나다. 특히 이

둘은 사파리이면서 동시에 탄자니아 최대 크기의 사파리, 세렝게티 입구이기도 하다. 차 없이는 들어갈 수 없어 여행사를 통해야 한다. 타랑기레, 응고롱고로, 메냐라 국립공원은 하루씩이면 충분하다. 보통 하룻밤에 두 군데, 이틀 밤에 세 군데 국립공원을 돌거나 세렝게티에 올인한다. 나는 1박 2일에 타랑기레와 응고롱고로 국립공원에 가기로 했다. 사파리는 지겨워졌지만 탄자니아에 사는데 유명한 국립공원을 한 번은 가야 할 것 같았다. 동물을 보는 비슷한 사파리들 중에 어떤 특별한 사파리를 원했다. 그래서인지 응고롱고로에 대한 기대가 컸다. 응고롱고로는 탄자니아 최대 크기의 크레이터다. 그 안에 생태계가 형성되어 동물들이 살아간다고 했다. 과학 용어로는 닫힌 생태계. 개체 비율이 일정하게 유지되는 곳이다. 크레이터 안의 사파리, 이런 부분이 매력적으로 다가왔다.

친구가 추천한 여행사로 갔다. 그 친구는 하루 140불에 해서 총 280불에 타랑기레와 응고롱고로를 투어했다. 몇 군데 돌아보더니 거기서 거기라며 추천해 주었다. 똑같은 금액으로 하라고 영수증도 줬다. 시간과 노력을 아낄 겸 바로 그곳으로 갔다. 처음에 사장은 말도 안 되는 가격을 불렀다가 영수증을 보여주니 당황하는 듯했다. 140불은 절대 안 된다며, 흥정을 하다 결국 하루 150불, 총 300불에 악수했다. 사장은 앞으로 다른 사람에게 소개할 때 140불짜리 말고 150불짜리 영수증을 보여주라며 씁쓸한 웃음을 지었다.

다음날 일찍 나를 데리러 왔다. 차로 세 시간을 가야 입구에 도착할 정도로 멀어서다. 중간에 사륜차로 갈아타기도 하고 타랑기레로 들어갔다. 타랑기레에는 가는 곳마다 동물들이 한가득 있었다. 다큐멘터리에서 보던 물소 무리들과 임팔라들 그리고 다른 초식동물 무리들이 여기저기 있었다. 이전에 봤던 그 어떤 곳보다도 동물이 **빽빽**해 보였다. 차들이 한 줄로 서 있는 곳이 어색해 보였다. 쉬고 있는 사자를 지켜보고 있었다. 멀리 있었기에 망원경과 카메라를 통해야 했다. 카메라를 도둑 맞은 게 아쉬운 순간이었다. 나무 그늘 아래서 쉬던 사자는 팬 서비스를 하듯 다른 곳으로 움직였다. 사자가 움직일 때마다 차들도 따라갔다. 이런 상황이 한두 번이 아닌지 사자는 관광객들 앞에서 소변을 볼 정도로 신경 쓰지 않았다. 그 모습에 흥분하지 않을 수 없었다. 이렇게 가까이에서 사자를 본 적도 없었고, 자고 있는 모습만 봐서 앉아서 볼 수만은 없었다. 다른 관광객들도 "Amazing, Awesome!" 하며, 혹여나 자극이 될까 조용히 감탄사를 내뱉었다.

다른 곳에는 더 많은 차가 있었다. 그곳엔 바로 사냥을 준비하는 사자가 있었다. 더 흥분 되었다. 모두가 숨죽여 지켜봤다. 차들과 사람들이 그렇게나 많았는데 들리는 소리는 바람소리 뿐이었다. 무리에서 떨어진 임팔라 한 마리가 풀을 뜯고 있었고, 풀숲 사이로 사자가 천천히 다가가고 있었다. 사람들은 사자가 뛰기를 기다렸다. 모두가 한마음으로 사자를 응원하는 것처럼 보였다. 나도 마찬가지였다. 텔레비전에서만 보던 사냥 장면을 직접 눈으로 확인할 수 있다는 기대감에서였다. 보고 싶었다. '천천히, 그래 조금 더!' 하며 응원을 계속했다. 갑자기 임팔라한테 미안한 생각이 들었다. 내 이기적인 욕심으로 한 생명을 빼앗는 것 같았다. 생각을 바꾸기로 했다. 사자와 임팔라가 전력으로 뛰는 모습을 보고 싶다고 말이다. 어떤 결과든 상관없었다. 생태계 자체를 보고 느끼고 싶었다. 머릿속에는 온통 '달려라, 뛰어라!' 였다.

30분은 기다렸던 것 같다. 임팔라는 눈치채고 도망가버렸다. 사자는 뒤쫓지 않았다. 나무 뒤까지 갔던 사자는 포기한 듯 보였다. 얼룩말이 나무 반대편으로 갔는데도 찍어둔 목표물이 아니어서 그랬는지, 맛이 없어서 그랬는지 사자는 쳐다보지도 않았다. 아쉬웠지만 그래도 잘 봤다고 위로했다. 많은 사파리를 돌아다녔지만 이렇게나 가까이에서 사자를 보고 또 사냥하는 모습을 보지 못했다. 로또 4등 정도에 당첨된 것 같은 적당한 행운을 누렸다.

캠핑장으로 갔다. 캠핑장 옆에는 메냐라 국립공원의 트레이드 마크인 커다란 호수를 볼 수 있었다. 멀리서 내려다 봐도 호수는 거대했다. '내 생에 이곳에 다시 오게 될까?' 마지막이라는 생각으로 눈에 담았다. 캠핑장에는 공연이 준비되어 있었다. 맨몸으로 하는 공연은 서커스와 비슷했다. 인간으로는 도저히 불가능해 보이는 동작들을 간단하게 선보였다. 사람 머리를 한 손으로 짚고 그 위에 물구나무를 서는 것, 인간 탑을 만드는 것, 보기만 하는데도 아찔했다. 공연을 끝낸 사람들 이마엔 땀방울이 맺혀 있었고, 거친 숨을 내쉬었다. 정말 열심히 했다. 아슬아슬한 공연이었다. 팁이 아깝지 않은 몇 안 되는 공연이었다.

다음날 응고롱고로로 출발했다. 제일 오고 싶었던 곳이다. 입구부터 특별했다. 차가 얼마나 다녔는지, 초록색 풀 위에 갈색 흙이 덮여 있었다. 두 갈래 길에서 잠시 멈췄다. 왼쪽은 마사이 마을, 오른쪽은 크레이터 안으로 들어가는 길이다. 마사이 마을에 들르는 것은 추가 요금이 든다. 함께한 동행 중에 꼭 가야 하는 사정이 있어 가게 됐다. 이 마을은 마사이 부족만 산다. 많은 관광객들을 겨냥해 주민들도 여러 가지를 준비했다. 돈을 벌기 위해서다. 기념품을 만들어 팔거나 마사이족의 춤을 선보이고 안내를 하면서 받는 팁으로 생계를 유지했다. 나에게도 한 사람이 왔다. 보통 두 명에 한 현지인이 붙는다. 나는 괜찮다며 거절했는데도, 돈은 안 줘도 된다며 따라오라고 했다. 집으로 나를 안내했다. 허리를 숙이고 다녀야 할 정도로 좁았고 개미집처럼 고불거렸다. 안에는 있을 건 다 있었다. 온기를 유지하기 위해 안에다 불을 피웠고, 연기가 빠져나가는 구멍이 지붕 위에 있었다. 그 구멍으로 연기는 빠져나가고 빛이 들어왔다. 신비로웠다. 사진을 마구 찍으니 그 사람은 자기 집에 대해 자부심을 갖는 듯했다. 밖에는 식구들이 만든 기념품을 팔았지만 터무니 없이 비싼 가격에 살 수는 없었다.

마을 뒤편에 학교가 있었다. 여기는 어떤 교육이 이뤄지는지 궁금했다. 교실이 하나, 선생님도 한 명이었다. 마을에 모든 아이들이 온다. 마침 수업 중이었는데 자리가 없어 늦은 학생들은 바닥에 앉거나 서 있었다. 영어 시간이었다. 한 명이 앞으로 나와서 적힌 알파벳을 읽고 다른 친구들은 따라 읽었다. 기부금을 받는 통이 눈에 띄었다. 여행자들이 마음이 있는 만큼 기부를 한다. 이곳도 다음 세대를 위한 교육은 뜨거웠다. 차로 돌아가는데 안내해준 사람은 역시 돈을 요구했다. 집에는 아이들이 있는데 오늘 밤에 먹을 것이 없다며 빵을 살 수 있도록 도와달라고 구체적으로 말했다. 이미 입장료를 냈고, 돈이 없다고 하니 별말 없이 그는 돌아갔다.

이제는 정말 응고롱고로다. 크레이터는 높았다. 거대했다. 내려가는 데만 30분이 걸렸다. 차를 타고 가는데도 쉽지는 않았다. 울퉁불퉁한 길에 덜컹 거리며 몸이 흔들렸다. 멀미할 것만 같았다. 아프리카 마사지라고 말하는 기사가 얄미웠다. 내려와서 본 응고롱고로는 커다란 산에 둘러싸인 초원이었다. 오래전에 화산이 폭발하고 생긴 지형, 오랜 시간이 지나 생긴 동물들의 집, 인간으로 치면 하나의 섬과 같은 곳. 응고롱고로는 동물의 세상이었다.

물이 고인 곳에 동물들이 모여 있었다. 나눠 마시는 모습에 서로 다른 모습이라도 그들은 가족처럼 보였다. 집단으로 모여 있던 다른 사파리와는 달리 이곳은 혼자서 활동하는 듯했다. 수업 중에 "화장실 다녀올게요!" 하고 말하고 나와서 물을 마시는 듯했다. 매일같이 오는 가이드는 어떤 동물들이 어디에 있는지 잘 알고 있었다. 가이드는 우리에게 코뿔소를 보여주고 싶다며 여러 서식지를 돌아다녔지만 보지는 못했다. '가는 날이 장날이다. 보려고 하면 보지 못하는 징크스'가 떠올랐다. 다행히 다른 곳에서 봐서 미련은 없었다. 대신 사자가 얼룩말을 먹고 있는 것을 봤다. 며칠 전에 사냥에 성공한 사자가 나무 뒤에 숨어서 식구들과 함께 고기를 나눠 먹는 야생의 모습이었다. 응고롱고로는 자주 보이는 모습보단 특별한 모습을 내게 선물로 주었다.

응고롱고로는 기대했던 것만큼 좋았다. 커다란 산에 둘러싸인 모습이 다른 곳과는 큰 차이였다. 따지고 보면 배경 하나만 달랐는데 분위기는 180도 바뀐 것처럼 달랐다. 배우로 치면 멋진 무대에 있는 듯했고, 사람으로 치면 넓은 앞마당이 딸린 전원주택에 있는 듯 여유로웠다. 이곳은 내가 생각하던 치열한 생태계가 아니었다. 넓게 퍼져 풀을 뜯고 있는 물소, 길을 건너려고 멈춘 타조, 물 마시러 터벅터벅 걸어가는 멧돼지 가족과 물 속에서 숨 참기 대결을 하는 하마 친구들이 있었다. 별거 아닌 모습인데도 감격스러웠다.

이제는 떠나야 할 시간이다. 다양한 곳에서 동물을 봤지만, 그 어떤 곳보다도 만족스러웠다. 가기 전에 마음에 '기대'라는 그릇을 만들고 직접 보고 느끼면서 채울 수 있는데, 옹고롱고로는 만들었던 그릇이 가득 차고 넘쳤던 곳이었다. '기대가 크면 실망도 크다'는 문장보단 '모든 것은 상상 이상이다'라는 문장이 더 잘 어울렸다.

사파리 경험이 쌓이다 보면 얼마나 많은 동물들을 보는지가 중요하지 않다. 동물들을 어떤 곳에서 보는지, 그리고 동물들의 움직임에 따라 느끼는 감동의 크기가 달라진다는 것을 알게 되었다. 타랑기레에서는 충분히 많은 동물들을 보았고, 옹고롱고로에서는 웅장한 배경으로 동물들을 보니 한동안 다른 사파리는 생각나지 않을 것 같았다.

◆ 동네 사람들
조금만 가면 아루샤 시내다. 시내 주변인데도 큰 건물은 보이지 않는다.

◆ 신발 가게
어디서 왔는지 짝이 다른 신발들이 얽히고 설켜 있다. 모두 새 신발이라고 하는데 신뢰가 가진 않는다.

◆ 이제 출발

입장권을 발급받는 데는 시간이 걸린다. 가이드가 입장권을 받으러 가는 동안 사람들은 화장실을 가거나 근처 구경을 한다.

◆ 근처에는

커다란 바오밥나무들이 있고, 죽은 나무와 뼈들이 장식되어 있다. 만지며 사진 찍을 수는 있지만 제자리에 둬야 한다. 들고 있는 코끼리 허벅 다리뼈는 보기보다 가볍다.

◆ **차례차례**

이 구역에는 암묵적인 규칙이 있다. 다른 차가 멈춰 있을 때는 관광객들이 보고 있는 것이다. 그 앞을 최대한 지나치지 않거나 방해를 하지 않아야 한다. 그러다 보면 자연스레 주차장이 된다.

◆ **기린**

기린은 순해서 가까이 가도 도망가지 않는다. 먹을 게 있는지 차로 얼굴을 내밀기도 한다. 그런 행운이 있을 땐 주저하지 말고 무언가를 내밀어 보자. 손이든 카메라든.

◆ 혹시나

만일의 경우를 대비해서 운전자들은 사자에게 가까이 가지 않는다. 멀리 떨어져 있기 때문에 망원경이나 망원 렌즈가 없다면 보기 힘들다. 망원경을 이용해서 찰칵!

◆ 뭘 봐

사람의 지문처럼 얼룩말의 무늬는 모두 다르다고 한다. 구경하는 우리가 신경 쓰이는지 힐끗 쳐다보고 있다.

탄자니아에서 분필을 들다

◆ **그들의 묘기**

서커스가 시작됐다. 머리에 머리를 대거나 머리 위에서 물구나무를 서는, 보기만 해도 아찔한 공연은 계속된다. 그리고 우리들에게 다가와 손을 내밀고 함께 춤을 추기도 한다. 모든 순서가 끝나면 아름다움이 더 빛을 발한다. 땀을 흘리며 숨을 고르는 그들을 보면 팁이 아깝지 않다.

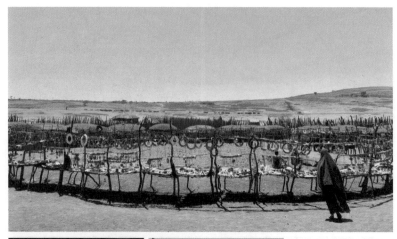

◆ 그들의 마을
마사이 마을이다. 기념품
가게, 그들의 집안, 공터,
학교 모두 꾸미지 않은
마을이다. 귀에 장식품
을 많이 달수록 아름답다
고 한다. 또 집 천장에 뚫
어놓은 구멍으로 빛이 들
어온다. 그 빛은 손에 담
을 수 있다. 학교에서 기
다란 막대기로 알파벳을
가리키며 읽고 있다. 영어
시간이다.

◆ **야자수 틈으로**

타랑기레 투어를 마치고 캠프로 돌아가는 길이다. 커다란 야자수와 사파리 차와 갈색 풀들이 아름다운 조화를 이룬다.

◆ **흔적**

얼마나 많은 차들이 다니는지 흔적들이 풀에 고스란히 남겨져 있다. 가벼운 흙이 날려 풀에 붙어 있다. 마치 두 장의 사진처럼.

◆ 점심시간

지금은 점심시간이다. 오늘 메뉴는 마른 풀! 뒤에 둘러싸인 산맥은 응고롱고로다. 구경하던 우리가 거슬렸는지 쳐다보고 있다. 안 뺏어 먹을게.

◆ 뛸까

뛰기 직전의 타조다. 이 사진을 마지막으로 시야에서 사라져 버렸다. 타조는 최대 시속 60km로 달릴 수 있다.

탄자니아에서 분필을 들다

◆ **떠나는 길**

집에 가기 위해 산을 다시 넘고 있다. 30분은 올라가야 할 만큼 산은 높고 길은 멀다.

◆ **안녕**

응고롱고로 전경을 볼 수 있는 포인트다. 이곳에서 바라보고 있자면 시간이 가는 줄 모른다. 개인적으로 안에서 보는 것보다 위에서 바라보는 풍경이 더 예쁘다.

「부록」

....

혹시 탄자니아나 다른 동아프리카를 여행할 때, 스와힐리어를 조금이라도 알고 있다면 유용할 것이다. 다양한 나라를 여행 해 본 사람은 알다시피, 그 나라 언어를 말할 수 있다면 급호감이 된다. 광장에서는 사람들과 친근한 대화를 하며 친구를 사귈 수 있고, 시장에서는 능청스러움을 추가해 현지어를 팍팍 쓴다면 물건 값도 팍팍 깎이는 기적을 체험할 수 있다. 가장 많이 듣고 썼던 단어와 문장을 정리해 보았다. 탄자니아뿐 아니라 케냐, 우간다를 지날 때도 도움이 될 것이다.

• 인사말

· Jambo [잠보]	· Manbo bipi [만보비피] – Poa [포아]
· Habari [하바리] – Njuri [은주리]	
· Shikamoo [시카모] – Marahaba [마라하바] : 어른과 아이일 경우)	

· 이름이 뭐예요?	· Jina lako nani? [지나 라코 나니]
· 제 이름은 태수입니다.	· Jina langu ni TESU [지나 랑구 니 태수]

· 어디야?	· Uko wapi? [우코 와피]
· 나 ~ 여기 있다.	· Hipo [히포]

· 네	· Ndio [은디오]
· 아니요	· Hapana [하파나]

· 환영합니다	· Karibu [카리부]

· 감사합니다	· Asante [아싼테]
· 미안합니다	· Pole [뽈레] / Samahani [싸마하니]
· 몇 시에요?	· Saa ngapi? [쌍 가피]
· 얼마에요?	· Si ngapi? [신 가피]
· 깍아주세요	· Punguza [푼구자]

· 원하다	· ~taka [타카]
· 좋아하다	· ~penda [펜다]
· 사랑해요	· Ninakupenda [니나쿠펜다]

· 나	· Mimi [미미]
· 너	· Wewe [웨웨]
· 당신	· Yeye [예예]

· 왼쪽	· Kushoto [쿠쇼토]
· 오른쪽	· Kulia [쿨리아]

• 숫자

· 1	· Moja [모자]	· 6	· Sita [시타]
· 2	· Mbili [음빌리]	· 7	· Saba [사바]
· 3	· Tatu [타투]	· 8	· Nane [나네]
· 4	· Nne [은네]	· 9	· Tisa [티사]
· 5	· Tano [타노]	· 10	· Kumi [쿠미]
· 100	· Mia moja [미아 모자]	· 1,000	· Elfu moja [엘프 모자]

· 덥다 (매우)	· Joto [조또] (Sana [싸나])
· 춥다 (매우)	· Baridi [바리디] (Sana [싸나])

· 천천히	· Polepole [폴레폴레]
· 빨리	· Haraka [하라카]

전하지 못한 사진전
··························

　이번 '탄자니아에서 분필을 들다'는 유난히 사진이 많다. 그만큼 예쁜 사진이 많아서 고르기 힘들었다. 혼자 간직하기 아까워 골라본 사진은 100장이 넘었는데 무엇 하나 빼고 싶지 않았다. 정말 마음 같아선 다 보여주고 싶었지만, BEST 10을 골라 보기로 했다. 나만의 사진 이상형 월드컵이 시작됐다. 먼저는 비슷해 보이는 사진들 중 괜찮아 보이는 것을 남기니 절반이 줄었다. 이번엔 비슷한 사진을 빼니 또 다른 절반이 남았다. 그렇게 남은 사진 25장. 더 줄일 수 없었다. 이제는 선택이다.

　그렇게 선택한 탄자니아 사진 TOP 10
　모두 전하고 싶었지만 미처 전하지 못했던 사진들
　그 사진들을 이용해 만든 부록

　전하지 못한 사진전
　여러분께 소개합니다.

탄자니아에서 분필을 들다

◆ 열 번째, 기다리는 눈빛

밥퍼 봉사 활동 중에 찍었던 사진이다. 대문 밖에는 아이들이 줄 서서 기다리고 있다. 한 아이가 문이 언제 열리나 문틈으로 얼굴을 대고 보고 있다. 아이의 눈빛이 인상적이다. 빨간색 대문과 모자, 피부 색깔, 옷 색깔 모두 조화롭지만 흑백 필터로 사진 속 화려함을 절제해 보았다. 사실 이 사진은 대사관 실무관이 찍은 것을 모방했다. 좋은 사진을 많이 볼수록 좋은 사진을 얻는다는 바람직한 예가 될 수 있을까?

◆ 아홉 번째, 폴레 폴레

다레살람에 슬립웨이라는 곳이다. 외국인이 많이 오는 곳이다. 바로 옆에는 고기 잡을 준비를 하는 현지인들이 있다. 탄자니아 빈부격차의 실상을 느낄 수 있다. 외국인들의 화려한 식사 뒤에는 현지인들의 고된 노동이 공존한다.

한 어부는 풀려 있던 그물을 한 땀 한 땀 정리하고 있다. 잘 펴질 수 있도록. 얼마나 많이 폈는지 그는 빠르고 정확했다. 능숙했다. 사진 찍어도 되냐고 물어보니 대답하지 않고 눈을 살짝 감고 고개만 끄덕였다. 카메라를 들이대니 잘 찍히도록 일부러 천천히 움직여줬다. 천천히 천천히, 탄자니아말로는 폴레 폴레.

탄자니아에서 붓필을 들다

◆ **여덟 번째, 언제 끝날까**

아침에 학교에 오면 학생들은 조회대 앞으로 모인다. 무질서 속에서 질서가 있듯 자리가 정해져
있다. 조회대를 바라보고 낮은 학년부터 오른쪽으로 가면서 높은 학년이 된다. 어린 동생들을 배
려한 것인지, 고학년 학생들은 항상 해를 바라보고 선다. 조회를 할 때마다 해와 눈이 마주친다.
뜨겁기도 하고 눈도 부시다. 그럴 땐 손으로 눈을 가리거나 땅을 쳐다보거나 눈을 감는다. 이런 몸
동작을 보면 어떤 생각을 하는지 알 것 같다. '언제 끝날까? 빨리 끝나라.'

◆ **일곱 번째, 외로움**

흔히 볼 수 없는 모습이다. 학교에 첫 출근하며 걸어가던 날로 기억한다. 황량한 도로에 달라달라 홀로 지나가던 모습. 나도 모르게 카메라를 들었다. 글을 쓰며 사진첩을 정리하다가 발견한 사진이다. 우연하게.

사진 속 달라달라는 밖에도 안에도 여유롭다. 탄자니아에서 분주한 일상을 경험하고 보면 이 달라가 외롭게 느껴질 것이다. 늘 붐비고 북적한 도로 위에서 여기저기 끼어드는 모습이 아닌, 쌩쌩 달리며 텅텅 빈 달라달라는 분명 어색하다. 맑은 하늘 아래 달라달라 한 대.

탄자니아에서 분필을 들다

◆ 여섯 번째, 아슬아슬

탄자니아에도 건물이 있으니 건물을 짓는 사람들도 당연히 있다. 한국도 이렇게 설치하고 건물을 짓겠지만, 괜히 이곳은 더 위험해 보인다. 오직 허리춤에 착용한 안전띠 하나에 의지해 몇 층 높이의 철골 위에서 새로운 철골을 설치한다. 헛디디면 다리에도 철골을 설치해야 할지 모르겠다. 모습은 아슬아슬하지만 건물은 튼튼하게.

◆ **다섯 번째, 아름다운 웃음**

학교에 있는 식당이다. 오후 1시가 넘어가면 건물 옆으로 그늘이 생긴다. 그곳에서 다음날 장사할
것을 준비한다. 밀가루 반죽 펴기. 사진 찍는 날 보시더니 한 번 활짝 웃어 주시고는 다시 반죽을
폈다. 손에 밀가루가 잔뜩 묻어 있지만 개의치 않고 늘 그렇듯 정성스레 반죽을 밀었다. 잠깐 카메
라를 보는 동안 느껴졌던 따뜻함과 인자함. 고스란히 밀가루 반죽과 섞여 세상에서 가장 맛있는
간식이 만들어지고 있었다.

탄자니아에서 분필을 들다

◆ 네 번째, 개구쟁이

퇴근 길에 만난 유치원 아이들. 내 시선을 끌어보려고 소리지르고 뛰어와서 안긴다. 잠시 멈추고 아이들과 이야기를 나눈다. 영어를 못하는 아이들과 대화가 될 리는 없다. 진심은 통한다고 했던 가? 이런저런 몸짓에 우리는 웃는다. 아이들은 특히 카메라를 좋아한다. 서로 잘 나오겠다고 카메라에 얼굴을 들이민다. 조금만 뒤로 가라고 하면 오히려 소리를 지르며 앞으로 온다. 갑자기 뒤로 가며 재빨리 누른 셔터. 그렇게 저장된 사진 속 아이들 모습은 자연스럽고 익살스럽고 재밌다.

◆ 세 번째, 다 왔겠지
출석 체크하는 중이다. 한 반에 오십 명 가까이 되는 학생들을 매일, 매 수업마다 확인하는 것은
분명 만만치 않은 일이다. 보통은 첫 번째 수업을 맡은 선생님이 출석 확인을 하는데, 오늘은 깜
빡 잊었는지 내 시간에 들어와서 양해를 구했다. 한 명 한 명 이름을 다 부르는 것도 꽤 걸린다. 아
이들에게는 잠깐 숨돌리는 시간. 천천히 불러달라고 선생님에게 눈빛을 보내는 듯하다. 아이들 바
람과는 달리 빠르게 내려간다.

탄자니아에서 분필을 들다

◆ **두 번째, 비닐공**

비닐로 만들어진 축구공. 비닐이 풀어지지 않게 빨랫줄로 동동 매었다. 그 무늬도 축구공 모양과
비슷하다. 초등학생들은 이 공 하나면 모두 하나가 된다. 잘 굴러가지도 않고 잘 튀지도 않는데도
아이들은 없어서 못 논다. 괜히 마음이 심란해진다. 한국에서라면 거들떠 보지도 않는 쓰레기가
될 텐데 여기서는 보물 1호니 말이다. 축구를 하는 아이들 표정을 보면 더할 나위 없이 행복해 보
인다. 안타까운 시선으로 보던 자신을 돌아보며 아직도 편견이 있다는 생각에 부끄러워졌다.

◆ 첫 번째, 수줍음

절대 타이밍이다. 아이의 표정과 각도, 날씨까지 모두 완벽하게 마음에 쏙 든다. 특히 어린아이일
수록 사진 찍기는 어렵다. 일부러 표정을 일그러뜨리기도 하고, 부끄러워 숨어버리거나 도망가버
리기도 한다. 또 한 명을 붙잡고 사진 찍고 있으면 여기저기서 나는 왜 안 찍어주냐며 서로를 밀
고 카메라 앞으로 얼굴을 들이민다. 이 사진은 완벽한 타이밍이었다. 다른 아이들이 잠깐 멀어져
있던 찰나. 이 아이가 카메라 렌즈를 보던 찰나. 웃음이 터지기 직전에 찍힌 사진. 수줍은 얼굴과
보조개가 아름답다.

탄자니아에서 분필을 들다

●

짧지만 굵은 탄자니아 여행, 모두 즐거우셨는지 모르겠습니다. 여러분에게 탄자니아로 놀러 가고 싶은 마음이 조금이라도 생겼다면 뿌듯할 것 같습니다. 글을 쓰면서 간간히 적던 일기와 찍어 두었던 사진을 보니 다시 탄자니아에 있는 것 같았습니다. 처음 학교에 갔을 때의 설렘, 교실 앞에 섰을 때의 떨림, 몸이 갑자기 뒤로 날아가던 순간, 그리고 억울함. 여행지에서 사자가 사냥하는 것을 숨죽여 기다리던 간절함, 킬리만자로 정상에서 느낀 뿌듯한 순간들…. 그리고 적지 않은 순간들 모두 소중한 추억이 되었습니다.

솔직히 부담되기도 했습니다. 정말 책으로 탄자니아를 잘 알릴 수는 있을까, 탄자니아 학교와 여행지를 잘 소개할 수 있을까? 누군가는 책으로 유명해지고 싶으냐고 묻기도 합니다. 그 물음이 책 출판에 대해 생각해보게 했습니다. 그 근본적인 이유에 대해서요. 그리고 인기와 명예를 얻기 위해서가 아닌, 단순하게 경험을 나누자고 방향을 잡고 나니 마음이 편해졌습니다. 하지도 않은 경험을 마치 한 것처럼 꾸미지 않아도 되고, 멋있는 문장을 만들려고 고민하지 않아도 되고, 유명한 말을 적지 않아도 되고, 광고지에 내지 않아도 되니깐 말입니다. 솔직하고 담백하게, 느낀 점 위주로 글을 썼습니다. 혹시 '이건 너무 과한 표현 아닌가?' 하고 느끼시는 것들은 저에겐 정말 과한 것이었고, '정말 괜찮나?' 하고 생각이 드시는 것들은 이젠 정말 무덤덤해졌습니다.

다른 나라들과 비슷한 점도 있었지만, 그동안 쌓인 경험 덕분에 비슷한 상황에도 전과는 다른 반응들이 나오고, 보지 못하던 부분도 보게 되었습니다. 아프리카를 처음 갔을 때와는 다른 반응과 풍부해진 사진으로 책에는 볼거리가 많아졌습니다. 탄자니아가 어떤 나라인지 또 학교와 여행지는 어떤지, 사진을 통해서도, 글을 통해서도 탄자니아에서 제가 느낀 감동이 여러분에게도 고스란히 전해졌으면 좋겠습니다.

글을 마무리하니 마치 오랫동안 밀린 방학 숙제를 제출하는 느낌입니다. '분필을 들다'라는 글을 적어 책을 내는 도전이 어느덧 세 번째가 됩니다. 여전히 처음 출판할 때 느꼈던 설레고 새로운 마음입니다. 세상엔 할 것이 많습니다. 또 어떤 새로운 것들이 저를 기다리고 있을지 기대도 됩니다.

탄자니아에서 참 행복하게 지냈습니다.

사람들에게, 환경에서, 모든 부분에서 행복을 느꼈습니다. 탄자니아에서 지내면서 제 마음에 더욱 확실해진 것은 행복은 우리 스스로가 결정할 수 있다는 것입니다. 세상 인구 수만큼 행복의 종류가 있다고 합니다. 탄자니아에서 제가 만났던 모든 사람들이 행복했으면 합니다. 또 이 책을 읽는 모든 사람들 얼굴에 행복한 웃음이 가득하길 진심으로 바라 봅니다.

2018년 탄자니아에서
꿈을 이야기하는 선생님

탄자니아에서 분필을 들다

초판 1쇄 인쇄 2019년 05월 07일
초판 1쇄 발행 2019년 05월 14일
지은이 안태수

펴낸이 김양수
편집·디자인 이정은
교정교열 박순옥

펴낸곳 휴앤스토리
출판등록 제2016-000014
주소 경기도 고양시 일산서구 중앙로 1456(주엽동) 서현프라자 604호
전화 031) 906-5006
팩스 031) 906-5079
홈페이지 www.booksam.co.kr
블로그 http://blog.naver.com/okbook1234
페이스북 https://www.facebook.com/booksam.co.kr
이메일 okbook1234@naver.com

ISBN 979-11-89254-21-6 (03810)